DAS
NEUE
BERLIN

PETER-PAUL
ZAHL

NICHTS WIE WEG

KRIMINALROMAN

VERLAG
DAS NEUE BERLIN

Dem Tänzer gewidmet: Wardie

Alle Personen und Ereignisse sind erfunden; Ähnlichkeiten mit der Realität waren hier und da nicht zu vermeiden.

»And then«, she went on in her judges voice,
»you make love to her till she drunk with it,
no rum could make her drunk like that,
till she can't do without it.
It's she can't see the sun any more.
Only you she see.
But all you want is to break her up.«
Jean Rhys

I'll never, I'll never,
I'll never, I'll never,
I'll never grow old.
Toots & The Maytals

1

Gemächlich zogen die Wolken von Nordost nach Südwest. Die Sonne stand schon tief, rechts von uns. Wind raschelte in den Zweigen der Kokospalmen, Fencestakes und Bas-Cedars.
Wir saßen auf den Gräbern und hatten eine gute Zeit.
Mr. Henderson, ein kleines braunes Hütchen keß überm linken Ohr, fuhr mit dem rechten Zeigefinger zwischen Kragen und Hals, wischte die Stirn mit einem großen, blaukarierten Taschentuch und hob dann die Hand. Er schwitzte heftig. Dieser schöne Nachmittag war zu heiß für einen Dreiteiler mit Hemd und Schlips.
»Hört das«, begann er.
Miss Rita neben ihm kicherte.
»Genug«, bat sie, »genug!«
»Noch eine! Noch eine!« verlangten wir anderen.
Mr. Henderson senkte den Kopf und wurde ernst.
»Gewiß werdet ihr gehört haben, daß Bustamante auch einmal in Spanien gelebt und gearbeitet hat ...«
»Unsinn!« widersprach Richard *Weirdo** Morrison.
Mr. Henderson schwieg und blickte ihn nur aus runden Augen an.
»Weiter, weiter, weiter!« drängten wir anderen.
»Kuba!« sagte *Weirdo* bestimmt.
»Spanien«, erwiderte Mr. Henderson schlicht.
»Europa. Nicht weit von England. Nur mehr im Süden. Da sind die Menschen braun. Und katholisch!«

---

* *siehe Glossar S. 153 ff.*

»Alle?« fragte Miss Evelyn entsetzt. Sie schüttelte ihr kleines, eingeschrumpeltes Köpfchen mit dem rosa Kapotthütchen. Der rosa Schleier vor ihren Augen bauschte sich in der Brise.
»Alle«, sagte Mr. Henderson.
Wir erwogen die entsetzlichen Aspekte, unter lauter braunen Katholiken leben und arbeiten zu müssen.
»Busta arbeitete für eine Begräbnisunternehmer«, fuhr Mr. Henderson fort. »Leichen waschen, Finger und Fußnägel schneiden, Haare waschen und frisieren ... Ihr wißt ja, was da so vor sich geht.«
Wir wußten es. Miss Rita schüttelte sich.
»Und die Spanier, also die haben eine seltsame Sitte: Sie legen ihren Toten Silbermünzen auf die geschlossenen Augen. So«, er zeigte es. »Auf die Lider.«
»Unsinn!« grummelte *Weirdo.*
»Silbermünzen?« fragte Mass Oliver.
»Silbermünzen«, bestätigte Mr. Henderson
»Und warum?« fragte Mass Oliver.
»Ja, das hat sich Busta natürlich auch gefragt«, kam Mr. Henderson zur Sache. »Und nachdem er schon so zwei, zweieinhalb Monate bei dem Begräbnisunternehmer beschäftigt war, trat er, nachdem er an einem Samstag seinen Lohn erhalten hatte, an seinen Chef heran und fragte ihn: ›Sagen Sie, Sir‹ – natürlich auf Spanisch! –, ›sagen Sie, Sir, warum legen die Angehörigen den Toten, bevor der Sarg zugenagelt wird, Silbermünzen auf die Augen?‹
Sein Boß wurde ganz ernst. ›Ja, wissen Sie das denn nicht?‹ sagte er ganz erstaunt. Und gab dann zur Antwort: ›Damit die Verstorbenen den Fährmann bezahlen können.‹ – ›Welchen Fährmann?‹ fragte Busta. – ›Zwischen dem Diesseits und dem Jenseits‹, klärte sein Boß ihn auf, ›liegt ein Fluß. Und jeder Tote benötigt zwei Silbermünzen, den Fährmann, der ihn mit einem Nachen an das andere Ufer übersetzt, bezahlen zu können.‹
 Busta hat selbst erzählt, wie schwummerig ihm da ge-

worden ist, und gesagt, er hoffe nur, die Toten, die er unter den Händen gehabt habe, konnten schwimmen!«
Wir kringelten uns vor Lachen, schlugen uns auf die Schenkel und fragten uns, laut kreischend, ob je ein anderes Land so einen schlitzohrigen Staatschef gehabt hätte. Nur *Weirdo* und Miss Evelyn hatten die Pointe nicht mitbekommen.
Während die anderen sie ihnen, immer noch laut lachend, erklärten, stand ich auf, mir die Beine zu vertreten, und sah mich nach den Kindern um. Robert lag auf einer Grabplatte im Schatten eines Fencestakes und döste, Lara und Noris hatten sich zu einer Gruppe Mädchen gesellt, die ich vor zehn Minuten den Friedhofshang hatte hochkommen sehen, Kenton und sein Freund Dave warfen sich einen Kricketball zu.
Ein Schwarm blauer Papageien stieg schimpfend aus dem Geäst einer Bas-Cedar auf, überquerte den Friedhof und verschwand hinter dem Hügel im Westen. Die Sonne stand sichtlich tiefer, die Brise nahm etwas ab, Wolken zogen sich über dem Meer zusammen: Es würde Regen geben. Aber nicht hier, sondern näher an der Küste.
»Warum kommen die denn noch nicht?« fragte Miss Rita. Sie blickte über ihre Schulter in Richtung Friedhofseingang.
»Die brauchen so lange«, antwortete Miss Evelyn. *Die*, das waren die Leute, die den Sarg zur Kirche begleitet hatten.
»Nein, der Pfaffe ist nicht aufgetaucht«, sagte Mr. Henderson.
»Die mußten schnell 'nen anderen anheuern.«
»Miss P. ist noch nie in ihrem Leben pünktlich gewesen«, sagte *Weirdo* mürrisch.
Alle lachten.
»Ist doch wahr«, bekräftigte er.
»Lüge!« rief Miss Evelyn. »Wenn es um *Drop-Pan* ging, war sie pünktlich auf die Minute.«

Wieder lachten alle. Dann zog Schweigen ein: Jeder erinnerte sich daran, wie Miss P., nachdem sie »auf eigene Verantwortung« aus dem Krankenhaus in Port Antonio entlassen worden war, in Windsor Forest die Aufgaben einer lokalen Drop-Pan-Agentin übernommen hatte. Sie war aufgeblüht. Vier Wochen lang. Dann war sie gestorben an ihrem Krebs.
»Wie das blühende Leben hat sie ausgesehen«, sagte Miss Rita leise. Sie wischte sich über die Augen und sprang dann mit einem kleinen Schrei von der Grabplatte auf, auf der sie die ganze Zeit gesessen hatte. »Ein Tausendfüßler!« rief sie.
Der junge Mann neben ihr, Miss P's einziger Neffe, der beim Ausschachten des Grabes, dem Mauern der Wände und Gießen der Decke der fleißigste aller Beteiligten gewesen war, gleichwohl am wenigsten Rum dabei getrunken hatte, fuhr aus seiner dösenden Haltung hoch, wischte *das gefährlichste Tier der Insel* mit dem rechten Unterarm, der die ganze Zeit über seine Augen vor dem Sonnenlicht geschützt hatte, vom Beton und zertrat es mit kreisenden Bewegungen des Absatzes.
Die Unruhe – jede Frau, jeder Mann war aufgesprungen – legte sich, und wir hörten, wie der kleine Trauerzug nahte.
Miss P. war eine stattliche Frau gewesen, fett und gesund, dann hatte der Krebs sie gezeichnet, und angesichts des schmalen, kleinen Sarges fing Valerie an zu schluchzen. Ich nahm sie in den Arm und schluckte. Einer der vier Sargträger stolperte – er wird wohl betrunken gewesen sein –, und der Griff aus billigem Messing brach ab.
»Typisch Miss P.«, sagte Mr. Henderson, »bringt selbst nach dem Tod die stärksten Männer ins Wanken.«
Alle lachten.
»Disrespektiere die Tote nicht«, mahnte *Weirdo* und verbarg sein Grinsen hinter der Hand. Er zog sein Jacket aus.

»Ja, dann woll'n wir mal«, sagte er und goß Wasser in die muldenförmig auf einer Grabplatte ausgebrachte Mischung aus Sand und Zement.
Mr. Henderson mischte den Mörtel, derweil der kleine Trauerzug zur Grabstätte schritt. Mass Warren griff in die innere Brusttasche, holte eine Mundharmonika heraus, setzte sie an die Lippen und spielte eine Country-Weise. Er trug seine schönste Sonntagskleidung: Der Anzug war zweifarbig großkariert, Aufschläge und Manschetten waren mit Samt besetzt, die Hose hatte einen weiten Schlag, die hochhackigen schwarzen Schuhe zierten silberne Schnallen, dazu trug er einen großrandigen Stetson, ein hellblaues Hemd mit plissierter Brust und eine Abraham-Lincoln-Schleife.
Arm in Arm gingen Valerie und ich zum Grab und suchten einen Platz im Schatten, unsere Kinder drängten sich an der östlich gelegenen, offenen Stirnseite des Grabes. Der Sarg wurde auf die gegossene Platte gestellt, die kleine Luke über dem Kopf der Toten geöffnet, so daß jeder, der es wollte, noch einen letzten Blick auf sie werfen konnte.
Der Ersatzpfarrer begann mit seinem Sermon. Die kleine Trauergemeinde reagierte kaum: Zu wenig wußte er von der Verstorbenen, zu oft benutzte er die bei Begräbnissen gängigen Phrasen.
Schließlich hob er die Hand, und Mass Warren, Mr. Henderson, Miss P's Neffe und die Sargträger schoben die billige, kleine Holzkiste in das Grab, setzten die vorgegossene, nach Osten weisende Stirnwand ein, schmierten Mörtel in die Fugen und begannen mit dem Rohputz. Das Gesangbuch, das benutzt wurde, war anglikanisch, die Hymnen und Weisen, die auf Anordnung des Pfarrers angestimmt wurden, klangen entsprechend tranig. Es kam keine Stimmung auf, und so nickte Valerie mir zu; wir traten zu Miss P's Mutter, die nun schon drei ihrer sechs Töchter überlebt hatte, drückten ihr etwas Geld für die

Beerdigung in die Hand, riefen die Kinder und gingen.

Es war eine traurige Totenfeier. Da half nicht einmal, daß Mass Warren noch einmal (»A tribute to Miss P.!«) zur Mundharmonika griff und »Going down a river« anstimmte.

Die letzte Phase ihrer Krankheit hatte Miss P. aus ihrer Heimat, wo sie einundvierzig Jahre gewohnt und gearbeitet hatte, in die Fremde vertrieben, nach Sherwood Forest, zwölf Meilen etwa von Windsor Forest entfernt, und so wußten die meisten ihrer Freunde, Freundinnen und Kunden nicht einmal, daß sie tot war, beziehungsweise wann und wo sie beerdigt würde. Und so geschah es, daß das *Set-up,* die Nacht vor der Beerdigung, und die Beerdigung selbst nicht zu einem Fest des Lebens wurden.

Preacher Man, don't tell me
Heaven is under the earth;
I know that you don't know
What life is really worth.
Bob Marley/Peter Tosh

2

Und weil *Set-up* und Beerdigung so traurig gewesen waren – keine Sänger, die, voll mit Rum, das Leben und den Herrn preisen, daß Anwesende in Trance fallen; kein Rum, kein Bier, nur Soft Drinks; kein Curry Goat mit dampfendem weißen Reis und Salat, kein Mannish Water; kein Domino und keine Ring Games, keine Runderzählungen, kein Kaffee um Mitternacht für die Männer, kein Kakao für Frauen und Kinder; kein Schütteln von Tamburins, kein Händeklatschen bis zur Ekstase –, hatten Valerie, die Kinder und ich uns redlich etwas Gutes zu essen und trinken verdient.

Wir beschlossen, in Boston anzuhalten, Jerk Pork, geröstete Yams oder Brotfrucht und Getränke zu kaufen.

Wir fuhren von Sherwood Forest die mit Schlaglöchern gepflasterte Straße nach Zion Hill hinunter, bogen in die Nationalstraße in Richtung Kingston ein; vor dem Korbflechterladen, hinter dem links der Weg zum Winniefred Beach führt, standen zwei Männer aus Hartford und baten mit dramatischer Gestik, mitgenommen zu werden.

Ich brachte den Landrover zum Stehen, stieg aus und öffnete die hintere Tür. (Der Jeep gehörte einst der Polizeiführung, und damit Verhaftete nicht entweichen können, läßt diese Tür sich nur von außen öffnen.)

»Ich hoffe, ihr hab genügend Geld für die Kaution dabei, wenn ich euch rauslasse«, flachste ich.

Sie lachten und meinten, für einen Flachmann Rum und einen *Chaser* für mich würde es reichen.
»Und ihr?« fragte Mass Lightbourne. »In den feinsten Sonntagsklamotten, rasiert und parfümiert! Wo wollt ihr'n hin?«
»Wir kommen von Miss P's Beerdigung«, sagte Valerie.
»Miss P. tot?« rief *Big Belly*, der ältere der beiden. »*Raatid*! Das ging aber schnell!«
»Ich kann's nicht glauben«, meinte Lightbourne. »Vor knapp einem Monat hab ich noch vierhundertachtzig Dollar bei ihr im Drop-Pan gewonnen. 'ne Nacht davor hab ich zweimal von den zwölf Aposteln geträumt und tags drauf zwanzig Dollar bei ihr gesetzt ...!«
Die Drop-Pan-Lotterie wird von einem Chinesen in Port Antonio betrieben, der Agenten in jedem Dorf und Weiler entlang der Küste bis Hector's River beschäftigt. Man kann jede beliebige Summe unter hundert Dollar auf eine Zahl zwischen eins und sechsunddreißig setzen und erhält im Gewinnfall den vierundzwanzigfachen Einsatz.
Jede Zahl hat mehrere Spitznamen, und Auntie Mary, die mich mit Uncle Albert in Windsor Forest großgezogen hat, ist sehr abergläubisch, glaubt intensiv an die Bedeutung von Träumen, setzt fast jede Woche einen kleinen Betrag – obwohl sie Christin ist – und gewinnt recht häufig.
»Das mit der Beerdigung hätten wir wissen müssen«, meinte *Big Belly*. »Da wär'n wir alle gekommen. Das war'n wir ihr doch schuldig.«
Wir schwiegen bis zur Telefonzelle in Fairy Hill. Plötzlich schrak Valerie, die mich eben noch von der Seite her angegrinst hatte, hoch.
»Guck mal, wer da mit Sack und Pack im Schatten des Flammenbaums steht!« rief sie.
Es war Rodney, mein elfjähriger Sohn aus der Beziehung mit Kenisha Bryan, die in Fairy Hill in

der großen Siedlung des *National Housing Trust* lebt!
Rodney wirkte gedrückt, aber als ich hupte und Valerie und die Kinder ihm zuwinkten, strahlte er. Ich brachte den Jeep zum Stehen und hob das Kinn.
»Mama hat mich rausgeschmissen«, sagte der Bengel und grinste. »Von jetzt an, sagt sie, sollst du dich um deinen Samen kümmern.«
»Tu ich, Sohn, tu ich«, rief ich, beugte mich nieder und umarmte ihn. »Komm, wir schmeißen deinen Krempel hinten in den Jeep.«
Das taten wir. Und dann kam Valerie aus dem Rover, umarmte meinen ersten Sohn, zwinkerte mit dem linken Auge, sagte: »Na, wenn das nicht 'ne Runde Eiskrem wert ist!« und lief zum Hi-Way-Café.
Noris, Rodneys dreizehnjährige, und Lara, seine elfjährige Halbschwester und deren Halbbrüder Robert und Kenton sprangen aus dem Jeep und vollführten jene coole Riten, die Kinder hier und heute so draufhaben.
Wir alle lachten, redeten durcheinander, flachsten, machten kleinere Witze, benahmen uns wie nach dem Dinner an einem hohen Feiertag.
»Hier«, sagte Rodney dann und drückte mir einen großen weißen Briefumschlag in die Hand.
»Von Mami.« Er zuckte mit den Achseln. »Kennst sie ja. Oder?«
Und ob ich meine Baby-Mother Kenisha kannte! Das gescheiteste wäre, ihren Brief ungelesen fortzuwerfen. Entweder wir beherrschen die Dinge und Situationen, oder diese beherrschen uns.
Kurz darauf erreichten wir Boston, kauften bei *Black Man* ein Pfund Jerk Pork für hundert Dollar, eine roast' Bread Fruit und in dem Laden hinter seinem Stand *Ting* für die Kinder und Red Stripe Beer für uns, verabschiedeten uns von Lightbourne und *Big Belly* und gingen hinunter zum Strand.
Meinen Vater habe ich nie kennengelernt. Er gab

seinen Samen und mir den Nachnamen. Er soll, hörte ich einmal von einer Krankenschwester, die nach Kanada ausgewandert war, in Toronto leben.

I say darkness has covered my light
And has changed my day into night.
Where is the love to be found?
Bob Marley

3

Meine Mutter ging, als ich fünf Jahre alt war, nach Kingston, dort Arbeit zu finden. Sie hatte noch vier andere Kinder, zwei Jungen und zwei Mädchen, mit drei Männern und starb, als ich neunzehn war, in der Stadt. Zwei von den Halbgeschwistern kenne ich. Mein Halbbruder Steve wohnt in Independence City und arbeitet in einer Bank. Er ist ein Arschloch. Meine Halbschwester Claudine ist in Miami verheiratet. Wir schreiben uns regelmäßig, zwei- oder dreimal im Jahr schickt sie Kleidungsstücke für meine Kinder. Zu einem Urlaub in der Heimat reicht es bei ihr nicht; sie ist ungelernte Arbeiterin, ihr Mann Busfahrer, sie haben vier Kinder. Die anderen beiden Halbgeschwister wurden irgendwo auf dem Land von Verwandten großgezogen. Ich weiß nicht einmal, wie sie heißen.

Auntie Mary und Uncle Albert in Windsor Forest, Portland, haben mich aufgenommen und mir die High-School-Erziehung ermöglicht.

Nach meinem Abschied von der Polizei, 1979, habe ich in einer Ecke ihres Haupt- und Familiengrundstücks ein Haus mit zwei Schlaf- und Badezimmern, Küche, Wohnzimmer und mit einer rund um das Gebäude verlaufenden Veranda gebaut.

Dort lebe ich, wann immer es möglich ist. Mein Geld verdiene ich in Kingston als *Private Investigator.* Und im St. Thomas und Trelawny als *Exporteur.* Meine erste große Liebe war Kenisha Bryan. Sie hat zwei Töchter mit zwei verantwortungsbewußten Baby-Vä-

tern und brachte 1981 meinen ersten Sohn, Rodney, zur Welt.
Meine erste Baby-Mutter aber ist Valerie McFarlane. Sie wohnt in Windsor Forest, unweit von meinem Haus, hat zwei Söhne mit zwei Baby-Vätern, die sogar der Unterhaltspflicht nachkommen, bis, na ja, der erste, ein notorischer *Gunman*, in Kingston von einer Spezialeinheit der Polizei erschossen wurde. 1979 wurde unsere Tochter Noris geboren, die jetzt zur *Titchfield High School* in Port Antonio geht, 1981 kam Lara, sie besucht die Fair Prospect Primary School.
1982 hatte ich Probleme mit meinen Baby-Müttern – Kenisha wurde immer prüder und drängte zur Heirat, Valerie nahm mir meine gute Beziehung zu Kenisha übel –, und da lernte ich Antoinette *Sunny* Burke bei einem Tanz in Manchioneal kennen, und weil ihr Gemüt war, wie ihr Spitzname es versprach, brachte sie 1982 meinen Sohn Robert Nesta zur Welt. Auf die Dauer aber schien mir ihr Gemüt etwas zu sonnig, und als sie versuchte, mir 1983 eine Tochter mit heller Haut und glatten Haaren – Produkt einer kurzen, aber heftigen Beziehung mit einem Mitglied einer Hochseeyacht, die am Blue Marlin-Wettangeln teilnahm – unterzujubeln, mir also ein *Jacket* geben wollte, empfahl ich mich und beauftragte Donna, meine Sekretärin in Kingston, die nötigen Unterhaltszahlungen für Robert zu überweisen.
Mit einem Wort, ich bin ein Mann fürs Familienleben. Nun aber war ich in der Klemme. Valerie, die nur zu gern meinen mit Kenisha gezeugten Sohn in die Familie aufnehmen und großziehen wollte, war kurz davor, mit falschen Papieren nach New Jersey, USA, zu fliegen, dort als Haus- und Kindermädchen für eine reiche Familie zu arbeiten. Sie besteht auf ihrer Unabhängigkeit und will kein Taschengeld von mir. Und »etwas von der Welt sehen und was erleben«. Soll sie. Nur, wo sollte Rodney nun hin?

Valeries Mutter, Tante und Onkel, in einem anderen Haus auf dem gleichen Familiengrundstück lebend, könnten seine Betreuung ebenso übernehmen wie die ihrer, Valeries, Kinder. Aber ich war mir sicher, daß Auntie Mary und Uncle Albert beleidigt sein würden, käm' der Bengel nicht zu ihnen.

So beschlossen Valerie und ich, einen Familienrat einzuberufen und, vor allem, auf Rodneys Wünsche einzugehen. Denn wie's der Zufall wollte, kam, kaum hatten wir Valeries Yard in Windsor Forest erreicht, ihre Mutter auf uns zugeschossen und drückte mir einen kleinen braunen Umschlag in die Hand.

»Ein Telegramm für dich, Ruffneck«, sagte sie überflüssigerweise. Sie wirkte beunruhigt. Telegramme bedeuten nichts Gutes: Sie melden nahezu immer den Tod eines Familienmitgliedes. »Ich habe für dich unterschrieben«, fügte sie unsicher hinzu. »Das war doch wohl hoffentlich richtig.«

»Goldrichtig«, beruhigte ich sie und riß den Umschlag auf.

Die Nachricht stammte von Fred Clarke, einem Freund und Staranwalt in Kingston. »Melde dich umgehend. Lukrativer Auftrag aus den Staaten. Betrifft verschwundene Touristin. Clarke.«

Ahoa! Fred schuldete mir etwas, und er pflegt seine Schulden zu begleichen. Vor über einem halben Jahr hatte ich einen *Gunman* zur Strecke gebracht, und Clarke, dieser *Ginnal*, hatte mir verschwiegen, daß der Bandit sein Klient war.

Eine verschwundene Touristin! Valerie und ich grinsten uns breit und dreckig an:

Höchstwahrscheinlich hatte ein *Rent-a-Dread* sie in Montego Bay, Negril oder Ocho Rios aufgerissen, in seine Höhle geschleppt, wo er sie regelmäßig und gut vögelte und verprügelte, sie kochen und seine Klamotten waschen ließ, von ihrem Geld lebte, wovon er einen Teil zu Unterhaltszahlungen an seine Baby-Mothers abzweigte: und das *White Chicken*

würde dies Leben mit ihrem *Naturburschen,* einem *richtigen Mann,* genießen.
Der Fall war also nicht so eilig. Ich konnte übermorgen, nachdem ich Valerie zum Flughafen gebracht hatte, kurz in mein Büro in Kingston schauen, Fred Clarke, der seine Praxis in der gleichen Straße hat, aufsuchen, einen satten Vorschuß kassieren und in aller Gemütlichkeit den Spuren des *Zivilisationsflüchtlings* nachgehen.
Der Familienrat tagte nur kurz. Rodney entschied, bei Auntie Mary und Uncle Albert zu wohnen und, wann immer es ihm paßte, seine Halbgeschwister in Valeries Yard aufzusuchen, etwa um seine Hausaufgaben mit ihnen zu machen und Nachhilfestunden zu geben.
Uncle Albert schlachtete ein Ziegenböckchen, Auntie Mary kochte Curry Goat und bereitete aus Kopf und Kaldaunen eine scharfe Suppe, das Mannish Water. Die Kinder konnten lange aufbleiben: Die *National Heritage Week* war gerade zu Ende gegangen, und Montag, der *National Heroes' Day,* war schulfrei. Freunde und Nachbarn gesellten sich zu uns, aus dem *Ghetto-Blaster* auf der Veranda drang *strictly Reggae* vom *Irie-FM-Sender*; Rum und Bier flossen reichlich, für die Kinder gab es einen großen Krug eisgekühlten Saftes der Passionsfrucht und Soft Drinks.
Als Valerie und ich uns recht früh zurückzogen, unter den anzüglichsten Bemerkungen vor allem von seiten der älteren Frauen, schwankte ich schon etwas und wollte nach der ersten, uns beide befriedigenden Runde schlafen, aber da lachte sie ihr leises, tiefes, heiseres Lachen und tat mit mir, was wohl Jesus mit Lazarus getan, ihn von den Toten auferstehen zu lassen; und dieses Mal ließen wir uns mehr Zeit, und als ich dann nach einer Runde *Wildgänse, auf dem Rücken fliegend,* schier explodierte und verging, verließ sie den Sattel, erinnerte mich kichernd an ein vor Urzeiten abgegebenes Versprechen, breitete die vier

Flügel aus und lehrte mich, was zu tun ich früher für unmännlich, unehrenhaft gehalten; und ich machte eine Erfahrung, die mir das Herz im Leibe tanzen ließ wie ein Lämmerschwanz: Ich fand heraus, daß die *Pum-Pum* ein höchst possierliches Tierchen ist, gut anzuschauen, zu schmecken und zu riechen, und je wilder und unkontrollierter Valeries schön runder, hervorstehender, fester Po wurde, desto süßer wurde ihr Lebenswasser, und sie sprudelte und zischte wie eine Flasche köstlichsten Champagners, und ich begriff mit einemmal, was es mit dem Spitznamen *Champion-Bubbler* auf sich hatte; und unsere nächste Runde war kurz und aggressiv, wie wir beide es wollten, und es hätte mich nicht gewundert, wenn beim Saugen und Beißen am Hals Blut gesprudelt und sein Verlust uns das Leben gekostet hätte.

Long, long time we no have no nice time,
Now me feel de spirit movin' in me ...
Lovindeer

4

Am nächsten Morgen standen wir bei Sonnenaufgang auf und fuhren nach Long Bay, an den Strand. Die See lag ruhig wie ein Dorfteich; weißschäumend brachen sich winzige Wellen am gelblichweißen Sand, dahinter schimmerte es türkisfarben, dann smaragdgrün, deutlich waren die dunkelblau bis schwarz getönten Felsen und Riffe zu sehen, hinter denen das Meer steil abfällt und dunkelblau wird. Der Horizont eine klare, dunkelblaue Linie, darüber lichtes Blau mit den Federn kleiner Wolken, die mit dem Passat in Richtung Südwesten zogen.
Wir legten uns auf unsere großen Badetücher in den Schatten einer zunächst westwärts gebogenen, dann wieder schlank und grazil gen Himmel strebenden Kokospalme – vermutlich hatte Hurrikan Gilbert ihr diese Form gegeben – und schlossen die Augen. Auf den Straßen hatten wir keinen Menschen gesehen. Wir waren die einzigen am Strand.
»Und morgen abend bin ich schon in Toronto«, sagte Valerie nach einer Weile unvermittelt.
»Selbst dran schuld«, erwiderte ich.
Sie lutschte an den oberen Schneidezähnen und machte dieses kleine Geräusch der Mißachtung. Mir war danach, sie zu frotzeln. Sonst hätte ich weinen müssen.
»In der kapitalistischen Gesellschaft ist die Arbeit die Ursache des geistigen Verkommens und der körperlichen Verunstaltung«, zitierte ich meinen Lieblingsphilosophen und fuhr fort: »O Faulheit, erbarme du

dich des unendlichen Elends! O Faulheit, Mutter der Künste und der edlen Tugenden, sei du der Balsam für die Schmerzen der Menschheit!«
»Das könnte von Anancy stammen«, meinte Valerie. Sie lehnte sich auf den Ellbogen und fuhr mir mit den Lippen über Stirn, Ohren und Nase.
»Der war vielleicht der Schutzpatron des Verfassers – wie der nahezu aller Jamaikaner«, sagte ich. »Nein, ich hab's von Paul Lafargue, dem Schwiegersohn von Karl Marx. Ein Mulatte aus Martinique ...«
»Also doch von Anancy beeinflußt«, sagte Valerie. »Seine Großmutter wird ihm jeden Abend diese Gute-Nacht-Geschichten erzählt haben. Und die mit Anancy und dem Affen hat ihn am meisten geprägt.«
»Ich erinnere mich grob an sie«, sagte ich und bettete meinen Kopf auf Valeries Bauch. »Das ist doch die Geschichte, wo er mit seiner Mutter ein Baumhaus baut und Bruder Schwein, Bruder Ziegenbock und Bruder Schaf reinlegt, nicht?«
»Ja«, sagte Valerie und kraulte mir den Kopf. »Aber der Anfang der Geschichte enthält die Essenz von Anancys Charakter.«
»Daran erinnere ich mich nicht mehr«, sagte ich und schloß die Augen.
Valerie machte die gebotene Kunstpause und begann zu erzählen: »Also lang, lang ist's her, da waren die Zeiten sehr hart. Ein Hurrikan zerstörte alles auf Jamaika, und jedermann und jederfrau ging es sauschlecht. Besonders schlecht aber ging es Bra Nancy und seiner Mami.
Eines Tages, als der Hunger in Anancys Eingeweiden wühlte, sagte er zu seiner Mami: Weißt du, diese Zeit ist aber hart, hart wie Fels! Ich weiß nicht, was ich tun soll. Ich probiere dies, ich versuch das ... Das einzige, was ich noch tun kann, ist arbeiten! Ogottogott, Mami, ich hoff nur, das bleibt mir erspart! Ich bete drum, nicht arbeiten zu müssen! Und dann brach er in unkontrolliertes Weinen aus.

Anancys Mami aber tätschelte ihm den Kopf und sagte: Nein, mein Junge, du brauchst nicht arbeiten zu gehen. Viele Leute, die Arbeit haben wollen, kriegen keine. Also bist du völlig sicher ...«

Wir lachten. Da hatten wir ihn, unseren Nationalhelden, früher einmal ein unbedeutenderer Gott der Aschantis, der mal in Spinnen-, mal in Menschengestalt auftrat.

»Aber du hast jetzt ja auch einen Job«, sagte Valerie nach einer Weile. »Komm, mir ist heiß; laß uns ins Wasser gehen und drüber reden!«

Nur ungern hob ich meinen Kopf von ihrem weichen, warmen, schwarzen Bauch, sprang dann aber auf, griff sie unter Knie und Achseln, hob sie hoch und trug sie über den schon heißen Sand in das vergleichbar kühle, wenn auch immer noch angenehm warme Wasser. Ich mußte weit gehen, bis es meine Brusthöhe erreichte: Im Sommer war die See hier an der Ostküste sehr rauh gewesen, und Ebbe und Flut, Stürme und Strömungen hatten sehr viel Sand vom Strand Long Bay's abgetragen und auf dem Meeresboden diesseits der Riffe abgelagert; manchmal hatten die Wellen gar das kleine Mäucherchen erreicht, das die Straße vom Strand trennt.

»O hoppla«, kicherte Valerie. »Ja, was ist das denn?« Ohne daß es mir bewußt geworden war, hatte ich einen Ständer.

Valerie kicherte, wand sich aus meinen Armen, bückte sich, schlüpfte aus der Bikinihose, befestigte sie am Oberteil, legte die Kniekehlen um meine Hüften und führte *ihn* ein. Sie bog sich mit dem Oberkörper etwas nach hinten: Wir bewegten uns kaum. Sie faltete ihre Hände um meinen Nacken und spannte nur ab und an, wie nebenbei und ganz gemächlich, ihre Vaginalmuskeln fester um meinen Schwanz, das »Vögelchen«, wie sie ihn nennt.

Ich fühlte mich bodenlos wohl, und um den Gedanken an ihren Abflug am nächsten Tag zu verdrängen, dachte ich an die Implikationen meines nächsten Falles.

»Was, glaubst du«, fragte ich sie, »macht so einen Pseudorasta attraktiv für diese weißen Frauen? Du mußt es doch wissen. Dein erster Baby-Father war ja einer.«

Wie um mich zu bestrafen – sie wurde nicht gern an ihre erste große Liebe, den *Dread* aus Rural Hill, der später in Kingston zu einem gefürchteten Banditen wurde, erinnert –, verringerte sie kurz den köstlichen Druck um mein edelstes Teil.

»Viele von denen sehen ja wirklich toll aus«, sagte sie dann und ließ ihre Muschi wieder ab und an saugen. »Breite Schultern, schmale Hüften, lange, sehnige Beine, strahlend-weiße Zähne, kaum Haare auf der Brust, trainierte Muskeln ... Und dann die *Dread-Locks,* die ihnen die stolze und männliche Ausstrahlung des Herrn der Steppen und Königs der Tiere verleihen.«

»Das sind aber nur wenige, die Vorzeigemodelle dieser männlichen Prostituierten«, widersprach ich. »Ich hab schon so oft bildhübsche *Whiteys* mit potthäßlichen Rent-a-Dreads gesehen, vor allem in Negril, Mo' Bay und Ochi, aber auch hier.«

»Hm«, machte Valerie.

»Und im Bett?« fragte ich. »Ich meine, sind sie da wirklich so gut?«

»Ja«, Valerie lachte, »diese Frage habe ich erwartet. Die kleinen Jungs, die ängstlich die Größe ihrer Schwänze vergleichen ...«

»... und um die Wette masturbieren. Wer am schnellsten ejakuliert oder am weitesten spritzt!«

Scherzhaft zur Strafe spannte sie ihre Muskeln so an, daß mein Schwanz schmerzte.

»Im Bett?« sagte sie dann, sachlich werdend. »Lausig. Faul. Einfach nur faul. Sie meinen, ihr starker Schwanz sei das Zentrum der Welt, um das sich alles dreht.«

»Faul?« zweifelte ich.
»Faul wie Anancy«, kicherte Valerie. »Du weißt ja, die rauchen den ersten Spliff vor dem Frühstück und qualmen Tag und Nacht. Und wenn sie dann einen hochkriegen, kommt er nie wieder runter. Wie'n Satellit, den die in Kap Canaveral in den Weltraum schießen. Da setzt du dich dann drauf und machst stundenlang, was dir Spaß macht, und die Typen rauchen noch dabei oder singen Hymnen und Psalme oder lesen die Bibel.«
»Das kenn ich«, sagte ich. »Ganja in großen Dosen ist nicht nur ein Tranquilizer, sondern auch ein Anästhetikum. Es macht dann unempfindlich gegenüber Schmerz.«
»Und gegenüber Lust«, sagte sie. »Zumal wenn man grad an andere Sachen denkt, wie wir nun.«
Wieder kniff sie mich scherz- und schmerzhaft.
»Ich frag mich, warum diese Frauen dann keinen Vibrator oder Dildo benutzen statt dieser Typen da«, sagte ich.
»DieTypen sind Natur, das andere ist Technik,« klärte Valerie mich auf. Dabei beließen wir es.
Ich schloß die Augen und genoß, derweil ich wußte, daß sie mich beobachtete; und als ich in den Kniekehlen schwach wurde und die Lust die Beine hinauf, das Rückgrat hinunter in ein einziges Ziel lief, löste sie die Hände in meinem Nacken und warf sich, die Beine weit gespreizt, den Rücken durchgebogen, auf die Wasseroberfläche. Das Aufklatschen fiel mit meiner unendlichen Ejakulation zusammen; und dann ließ auch ich mich, vorher die Lungen tief mit Luft füllend, nach hinten fallen, zog unter Wasser meine Badehose hoch und schwamm auf Valerie zu, die sich langsam von mir entfernte.
»Zieh dein Höschen wieder an«, bat ich atemlos. Sie schien nicht zuzuhören.
»Stell dir vor«, sagte sie abwesend, »dein frei im Seewasser treibender Samen trifft auf die ebenso

schwerelos dahintreibenden Rogen eines wunderschönen Papageienfisches. Und in neun Monaten entsteigt eine hübsche Seejungfrau den Wellen, mit schwarzem, schlankem Körper, spitzigen Brüstchen, krausen Haaren, und die vollendet geformten Hüften gehen nicht in Beine über, sondern in einen metallicroten Fischschwanz ...«

If I had the wings of a dove
I would fly, fly away, fly, fly, fly ...
But as I have no wings, as I have no wings
Me haffi sing, sing, sing ...
Jam. Traditional

5

Ich mag sie nicht, diese Abschiede auf Bahnhöfen, Piers und Flughäfen, an Türen und Haltestellen. Nicht wegen der *kleinen Tode,* der versteckten Wunden, des Würgens im Hals; nicht, weil da etwas verlustig geht, entrissen wird oder einfach verschwindet; nicht, weil man immer leicht scheiden sollte, besonders wenn man aufbricht zu richtigen Menschen oder richtiger Lust oder richtiger Arbeit oder etwas richtigerem Leben im falschen; nicht, weil man immer früher gehen sollte als auch nur eine Minute zu spät – ach, diese Opern, diese Arien, diese gemeinen Nettigkeiten, diese vergifteten Bonbons aus dem Nähkästlein der Psychologie! –, sondern, weil so vieles ungesagt bleibt und ungetan, ungeträumt; weil uns nur noch das Stammeln bleibt oder – schlimmer noch! – das *gesetzte Wort,* weil, was auch immer wir sagen beim Abschied, es stets das falsche ist.

So stand ich auf, bereitete Valerie Bad undFrühstück, derweil sie den Kindern half, sich für die Schule fertig zu machen; wir aßen mit ihnen, und während ich den Jeep belud, verabschiedete sie sich von Mutter, Tante und Onkel, lief dann hinüber zu Auntie Mary's und Uncle Albert's Yard; wir setzten Rodney, Robert, Noris und Lara in Wall Pen ab, von wo sie – hoffentlich! und hoffentlich rechtzeitig! – den Bus zu ihren Schulen in Black Rock und Port Antonio nehmen konnten, hielten in Flatgrass, ließen Kenton aussteigen und seine Mutter umarmen, der dann den Hügel hoch zu der von Quäkern betriebenen *Happy Grove*

High School ging. Wir sprachen von da an bis Port Royal kein Wort, parkten den Landrover vor dem Fischrestaurant am Meer und aßen im Freien, auf der zur Bucht von Kingston gelegenen Veranda, in Aluminiumfolie gebackene Meeräsche, die zu einem Viertel aufgeschnitten und mit Weißkohl und Kräutern gefüllt war, dazu Bammy, ein zwei Zentimeter hohes, fünfzehn Zentimeter dickes, rundes Gebäck aus Kassavamehl, das vor dem Braten in siedendem Öl in Milch eingelegt wird.
Danach fuhren wir dieselbe Main Road zurück, die auf der Kingston gegenüber gelagerten Halbinsel Palisadoes zum Flughafen führt, bogen am Kreisverkehr nach Westen ab, verlangsamten das Tempo und erreichten schließlich das Abflugareal des *Norman Manley International Airport.*
Daß es aus Sicherheitsgründen – den Schmuggel von *Ganja* etwas schwieriger zu gestalten – Familienangehörigen und Freunden der Fluggäste verboten ist, das Gebäude zu betreten, machte unseren Abschied leichter.
Valerie stellte ihr Gepäck am Ende der Warteschlange ab, drehte sich um, nahm mein Gesicht in die Hände und gab mir unter dem gleichgültigen Blick eines schwerbewaffneten Polizisten, der am Geländer der Absperrung lehnte, einen leichten Kuß, versuchte ein tapferes Lächeln und flüsterte nur noch: »Halt dich an Donna in meiner Abwesenheit, Lieber. Sie ist gesund und hübsch und mag dich und ...«, die Stimme versagte ihr kurz. »Du weißt ja, wie das ist mit anderen Frauen, die du nicht gut kennst, in diesen Zeiten mit Aids.«
Ich nahm sie bei den Schultern, drückte sie ein wenig, schob sie zurück, drehte sie um, drehte mich um und marschierte tapfer zu meinem Jeep. Ein Verkehrspolizist hob schon sein Kinn. Hinter ihm im Leerlauf ein Abschleppwagen.
Ich fuhr den Landrover nach Downtown Kingston in

die Werkstatt: Er benötigte neue Stoßdämpfer, der Hauptbremszylinder leckte, der eigens für meine Bedürfnisse getunte Motor mußte gewartet werden, die Räder ausgewuchtet, die Spurstange gerichtet, die Schlaglöcher in Portland verlangten ihren Tribut.
Ich nahm meinen Stadtwagen, einen recht neuen Peugeot 405 Kombi, und fuhr zu meinem Büro in der Duke Street.

6

But de bredda dem a skank;
dem nah rob bank;
is packit dem ah pick
an'is woman dem a lick
an'is run, dem ah run
when de WICKED come ...
Linton Kwesi Johnson

Ich gab Shorty, dem taubstummen Hustler, der hier stets im Kiez herumlungert, ein paar Dollar, auf meinen Wagen aufzupassen.
»Und penn nich wieder«, mahnte ich, »halt die Augen auf, wennste schon bezahlt wirst dafür!«
Er nickte. Ich kaufte Zeitung, Zigaretten und Kaugummi und stieg die vier Treppen zu meinem Büro hoch – der Fahrstuhl war wie üblich kaputt –, ging den neonbeleuchteten Korridor hinunter und konnte sicher sein, daß Donna, meine Sekretärin, mich am Schritt erkennen und Riegel und Schlösser schneller öffnen würde, als ich die Schlüssel aus der Tasche zu holen vermochte. Und so war's.
Heute trug sie Jeans-*Battyrider*, eine weitausgeschnittene blaue Baumwollbluse, blaue Schuhe mit Stilettabsätzen, Kreolenohrringe, massenhaft Tinnefarmreifen; die sonst brikettförmig hochgekämmten Haare waren nun mit einem Gel an den Schädel geklatscht und über den Ohren mit dunkelblauen Klipps und Schleifen gehalten: eine perfekte Mischung aus Sekundarschülerin und Downtown-Nutte. Sie trug immer *de lates' in style & fashion*, war wie alle typischen *Kingstonians* ursprünglich vom Lande, hatte sich das große Mundwerk einer Bewohnerin der Hauptstadt zugelegt und war im Grunde ihres Herzens naiver und romantischer als ihre Schulkameradinnen in Trelawny, wo sie herstammte, die noch immer weitgehend barfuß oder in billigsten Sandalen herumlaufen und Hochhackige

im *Scandal-bag* mit sich tragen, und sie erst anlegen, wenn sie die geteerte Straße erreichen, an der sich Kirche oder Dance Hall befinden.
Ich küßte Donna auf die Schulter und stutzte: Sie war zusammengeschreckt. Das war neu. Ich zuckte die Achseln und ging in mein Büro.
Es war, wie immer, gut aufgeräumt und gelüftet. Auf der großen, zerkratzten Platte des alten Schreibtisches aus Mahagoni zwei Stapel mit Akten, akkurat auf Stoß ausgerichtet. Ich warf einen Blick auf die Deckblätter: Der eine, sehr hohe Stapel betraf Steuerangelegenheiten, der kleine den neuen Fall; in ihrer sauberen Sekundarschülerinnenschrift stand mit blauem Filzstift: *Betr.: Mrs. Silvia M. V. Dexter. Klient: F. Clarke, von: 15/10/92 bis ...*
Ich öffnete die Akte. Drei Seiten Getipptes, von Fred parafiert, viele Fotos, alle drei-oder vierfach, die das Gesicht einer mäßig hübschen, typischen *WASP* zeigten, ein Scheck, von Fred unterschrieben, über zehntausend Dollar, US-Dollar. Drangeheftet eine Quittung, die ich nur noch zu unterzeichnen hatte und den Vermerk trug: *Anzahlung.*
Ich grunzte wohlgefällig. Der Fall ließ sich gut an: Noch nie hatte ich einen so hohen Vorschuß erhalten.
Ich ging ins Badezimmer, duschte, zog ein neues Hemd und frische Socken an, vergewisserte mich, daß meine Papiere, Schlüssel, Feuerzeug und Zigaretten in den Taschen waren, warf einen Blick in den Spiegel, sah das halbwegs gutaussehende schwarze Gesicht eines Achtunddreißigjährigen, noch immer volles Haar und Spuren von Verlebtheit in den Mundwinkeln und unter den Augen. Ich streckte mir die Zunge heraus und seufzte.
Donna lümmelte sich im Kundensessel.
»Bedecken Sie Ihre Oberschenkel, gnä' Frau«, schnarrte ich, »Sie haben ab heute einen Strohwitwer vor sich.«
 Und da tat sie etwas, das ich sie nie hatte tun sehen:

Statt einen kessen Spruch abzulassen, die *tarra-tarra-Claat*-Sitten und -Bräuche der oberen Mittelklasse betreffend, drückte sie Knie und Schenkel zusammen, zog die akkurat nebeneinander gestellten Schuhe unter den Sitz, errötete und rückte den Sessel näher an den Schreibtisch heran, daß ihre Beine meiner Sicht entzogen waren.
»Der Finanzamtsfritze war wieder da«, sagte sie nach einer Weile, ganz zuverlässige Sekretärin und Neutrum.
»Schon wieder?« Ich grinste. »Der wird wohl in dich verknallt sein und jeden Vorwand nutzen ...«
»Nein«, sagte Donna ernst. »Du tust etwas, das dich *höchst verdächtig* macht: Du kommst deinen Steuerpflichten in *vorbildlicher Weise* nach.« Ich hörte das Zitat.
»Ich bin nichts als ein gesetzestreuer Bürger«, gab ich in gleichem Tonfall zurück.
»Kapier doch mal, Ruffneck!« Donna war es wirklich ernst. »Der ist auf seine Weise, was du auch bist: ein Detektiv, der genau weiß, daß derjenige, der am unschuldigsten tut, fast immer der Täter ist. Außerdem«, sie fuhr sich mit der Zungenspitze über die oberen Schneidezähne, »findet er, daß du *ein bißchen zu oft* Kunden aus dem Ausland hast ...«
»Du hast ihn doch wohl darauf hingewiesen«, unterbrach ich sie, »daß wir im MIAMI HERALD und in entsprechenden Blättern in New York und Toronto annoncieren?«
»Klar«, sagte sie. Sie überlegte. »Zudem findet er, wie er sagt, deinen Umsatz zu gering für, ich zitiere, deinen *aufwendigen Lebenswandel ...*«
»Meinen was?«
Donna blickte in ihre Unterlagen.
»Eine große Wohnung für siebentausendvierhundert Jamaika-Dollar in Half way Tree, ein Eigenheim in Portland, ein Landrover, ein Peugeot 405, regelmäßige Unterhaltszahlungen an K. Bryan, V. McFarlane,

A. Burke, alle Portland, für die Kinder ...«
»Ein Korinthenkacker«, sagte ich. »Herrje noch mal, kannst du dieses Arschloch nicht schmieren? Ich hab dir doch eigens dafür einen Umschlag im Safe hinterlassen.«
»Glaub mir«, sagte Donna melodramatisch, »den kann man nicht schmieren!«
Ich war sprachlos. Was sind das für Zeiten, in denen man sich nicht einmal auf die Korrumpierbarkeit kleiner, mies bezahlter, die öffentlichen Verkehrsmittel benutzender Steuerbeamter verlassen kann! Der sozialdemokratische Premierminister stand in dem Verdacht, vom SHELL-Konzern Millionen von Dollar für die Einfuhrgenehmigung steuerfreien bleifreien Benzins kassiert zu haben, ganz zu schweigen von seinen Skandalen in der Amtszeit in den Siebzigern; Zehntausende von Wellblechen, vom Ausland nach dem Hurrikan Gilbert im Jahre 1988 der jamaikanischen Regierung zur kostenlosen Verteilung an die am ärgsten Getroffenen gespendet, waren auf dem Schwarzmarkt verschwunden und von Ministern und Parlamentariern billig an Gefolgsleute vertickt worden; Tieflader, die Senatsangehörigen gehören, holen frei und franko kostenlos Baustoffe direkt aus den Höfen der Straßen- und Tiefbauämter ab; der Leiter des Amtes für Tourismus kriegt mal locker einen Bonus von über einer Million Dollar, weil es seiner Behörde gelungen war, mit Millionen von Steuergeldern in einem bestimmten Zeitraum ein paar Zehntausend mehr Urlauber ins Land zu locken; in der Polizei und Armee richtet sich die Höhe der *Zuwendungen* nach dem Dienstgrad – das wußte ich aus eigner Erfahrung, war ich doch selbst bis neunundsiebzig Bulle gewesen und hatte oft genug mit ihnen zu tun.
Und hier tauchte nun ein kleiner unkorrupter Schmierlapp auf, den es weder nach der Muschi meiner Sekretärin noch nach einem prallgefüllten

Briefumschlag gelüstete, und machte mir das Leben schwer!

»Hast du ihm die Unterlagen über die Erbschaft von meinem Vater gezeigt?« fragte ich nach einem langen Schweigen.

»Selbst die kommt ihm *dubios* vor«, erwiderte Donna. »Er sagt, ein Mann mit deiner Vergangenheit legt seine Erbschaft aus dem Ausland doch nicht auf einem Devisen-Festgeldkonto bei einer hiesigen Bank an, sondern in einem Steuerfreihafen mit hohen Zinssätzen wie den Cayman Islands ...«

»Da hat er gar nicht so unrecht«, sagte ich wütend. »Sag dem Knilch, wenn er so weitermacht, beschwer ich mich über ihn bei seinen Vorgesetzten, und wenn das nicht hilft, verleg ich die Firma nach George Town auf Grand Cayman!«

»Das kannst du mir nicht antun, Ruffneck!« protestierte Donna. Und fuhr unsicher fort: »Das ist doch wohl nur'n Witz, nicht?«

»Ein Gespenst weiß sehr wohl, wen es erschrecken kann«, gab ich düster zur Antwort. Und sagte nach einer kurzen Pause: »Donna, Liebste, halt ihn mir vom Halse. Bitte!«

»Nicht einfach«, erwiderte sie nachdenklich. »Das ist einer von der Sorte, die sich sagt: Wenn du nicht nahe genug an eines Mannes Herd gehst, kriegst du nie raus, wieviel Holz er braucht, um seine Suppe zu kochen.«

»Der soll nur aufpassen, daß er nicht zu nahe rangeht, sonst verbrennt er sich die ...«, versetzte ich düster.

»Überlaß ihn mir«, sagte Donna beschwörend. »Da kannst du mit deinen groben Mitteln nichts ausrichten. Aber nun Schluß damit. Hast du die andere Akte schon gesehen?«

»Ich hab kurz reingeguckt«, grunzte ich.

»Die Cayman Islands sind so klein«, sagte sie beschwörend, »da kriegst du nicht so eine Anzahlung.

Da verspricht ein Anwalt so zwanzig, dreißig Straßenjungen einen Hunderter, nach einer verschwundenen Touristin zu suchen, und innerhalb von zwei, drei Tagen hat einer von denen sich den Bonus verdient ...«

Ich lachte.

»Was hältst du von der Sache?« fragte ich.

Sie hielt das gleiche von ihr wie Valerie und ich.

»Kann ich mitkommen bei deinen Recherchen?« fragte sie anschließend.

Ich schüttelte den Kopf.

»In dieser Phase noch nicht.«

Donna fuhr hoch.

»Aber Valerie hat ...«, sie verstummte.

»Was hat Valerie?« fragte ich scharf.

»Ach, nichts«, sie setzte eine Miene auf, die sie für undurchdringlich hielt. »Rechsanwalt Clarke erwartet dich um fünf an der Poolside-Bar im Wyndham-Hotel.«

»Kommst du mit?« fragte ich.

»Nö, nö«, versetzte sie. »Da geh ich nur hin, wenn's dort Reggae oder Soca gibt, und dann müssen Sänger und Bands schon erstklassig sein. Das Volk da ...«, sie schüttelte abschätzig den Kopf.

Ich hob die Brauen.

Um fünf Uhr am Nachmittag sah ich, was sie meinte, und gab ihr innerlich recht.

Fred ist mit einem makellosen, frigiden *Browning*, die mit zwei Kindern ihre Pflicht getan, verheiratet, und da konnte ich nicht kapieren, warum er sich hier, am Pool des mondänden Wyndham, nach jüngeren Modellen aus derselben Serie die Augen aus dem Kopf starrte.

Fred Clarke ist ein spanisch-distinguiert wirkender Mulatte, dessen verknautschte, ältere Maßanzüge von der Bond Street auf den ersten Blick nichts über seine Vermögenslage verraten. Er ist der reichste

Mann, den ich von Angesicht her kenne, und kann als mein älterer Freund und Berater gelten.
Er trank, wie immer, einen guttemperierten Burgunder und hielt dies schon für den Gipfel eines läßlichen Snobismus.
»Was trinkst du?« fragte er. »Das Übliche?«
»Nein«, sagte ich. »Ting. Ich bin im Dienst.«
»Das gibt's doch wohl nicht«, staunte Fred.
»Ein Gentleman«, belehrte ich ihn, »trinkt erst nach Sonnenuntergang.«
Fred lachte.
»Da bist du noch nicht up to date«, verbesserte er mich, »der wahre Gentleman befindet, wann ein Sonnenuntergang stattzufinden hat.« Er machte eine Pause. »Und?« fragte er. »Was hältst du von dem Fall? Du hast doch meine Zusammenfassung gelesen, oder?«
Ich nickte und erzählte ihm, was Valerie, Donna und ich von dem Fall hielten.
Er meinte, er dächte dasselbe.
»Du klapperst die üblichen Touristenghettos und Pseudorastakommunen ab und schleppst sie dann an den Haaren hierher, hm. Laß dir Zeit. Du hast zwei Optionen. Hast du sie innerhalb von drei Wochen aufgetrieben, erhältst du zweiundvierzigtausendfünfhundert US-Dollar plus Spesen. Zweihundert am Tag. Oder, wenn's länger dauert, hundertachtzig Spesen und vierhundertfünfundzwanzig pro Tag. Das hab ich so mit dem Familienanwalt ausgehandelt, und das entspricht in etwa den Sätzen einer guten Detektei in Amerika ...«
»Was ist mit einem Fonds für Informationsgelder?« unterbrach ich ihn.
»Für was?« stellte Fred sich dumm.
»Schmiergelder«, sagte ich. »Ohne die läuft nichts. Und vielleicht muß ich sie ihrem Gigolo mit Löwenmähne abkaufen. Das erspart Probleme.«
»Das geht klar«, sagte Clarke nach kurzem Nachdenken. »Da muß ich nur noch nachverhandeln.«

»In diesen Dingen kann ich aber keine Quittungen beibringen«, sagte ich und sah Fred abwartend an.
»Hm, Vertrauen gegen Vertrauen«, Fred nickte. »Geht klar.«
Ich nahm einen großen Schluck von dem Ting, das der Kellner mittlerweile gebracht hatte.
»Nur zwei Dinge noch«, sagte ich langsam.
»Ja?« Fred wirkte nun distanzierter.
»Warum so komische Summen als Honorar? Warum keine glatten, sagen wir mal, vierzig- oder fünfzigtausend als Pauschale und vier – oder fünfhundert als Tagessatz und ... «
Fred drehte, verlegen wirkend, sein Weinglas in Händen.
»Ich hab mir erlaubt, fünfzehn Prozent Provision anzurechnen«, sagte er vorsichtig. »Kannst ja nicht meckern, wie ich dich promote. Wärst du Sänger oder D.J., würde man dir bis zu neunzig Prozent abknöpfen ...«
Ich schüttelte amüsiert den Kopf.
»Du bist ein *Ginnal*, Fred. Du hast soviel Knete, daß drei gepanzerte *Brinks*-Transporter nicht ausreichen würden, wenn du sie reinschaufelst, und ziehst einem armen Schlucker wie mir ...«
Er schnalzte mit der Zunge.
»Armer, kleiner Ruffneck«, höhnte er, »Kinder wie Sand am Meer, Freundinnen von Morant Point bis Negril Point, zwei dicke Wagen, Stadtwohnung, Häuschen auf dem Lande, sechsundzwanzig bezahlte Wochen Urlaub im Jahr ...«
»Du übertreibst«, unterbrach ich ihn, »du quatschst wie'n Steuerfahnder!«
»Ach«, faßte er nach, »sind die auch hinter dir her?« Er machte eine nachdenkliche Pause. »Ich glaube«, meinte er, »seit Premierminister Patterson angedeutet hat, daß die Regierung von Jamaika die Beziehungen zum Internationalen Währungsfonds beenden oder auf andere Füße stellen will, muß gleichzeitig ein

Ukas an alle Finanzämter rausgegangen sein, die Abermillionen von Steuerschulden reinzuharken.« Er griente. »Bei mir sitzen sie auch und prüfen die Bücher. Das hat es seit der Kolonialzeit unter den Briten noch nicht gegeben. Es ist das erste Mal, daß ich vor diesem laschen Sozi den Hut ziehe.« Er wurde ernster. »Ist doch in Ordnung mit der Provision, oder?«
»In Ordnung«, sagte ich, »solange du so großartige Konditionen mit Klienten aushandeln kannst. Erzähl mir mal ein bißchen mehr über die. Es ist doch nicht normal, daß soviel Geld ausgeworfen wird, eine körperlich und geistig gesunde junge Frau von sechsundzwanzig, die schon verheiratet war und kürzlich geschieden wurde, in den Schoß der Familie zurückzuholen.«
»In Ordnung«, wiederholte Fred abwesend und starrte dem prallen Hintern einer Mulattin mit blondgefärbten Haaren in knappem Bikini hinterher. Er riß sich zusammen. »Ah, was wollt ich noch sagen?«
»Die Dexters«, erinnerte ich ihn. »Die Klienten.«
»Ach ja«, seufzte der Anwalt und warf einen Blick auf seine Cartier-Armbanduhr. »Ganz kurz. Okay? Eine Familie aus dem ältesten Geldadel in Texas. Zuerst Viehzucht, drei Generationen später auch Erdöl, heute breite Streuung des Familienvermögens in den Wachstumsbranchen Waffensysteme, Datenverarbeitung, Medien und so fort. Weiß, angelsächsisch, protestantisch. Drei Töchter. Leider kein männlicher Erbe. Und da scheint der Haken zu liegen: Die erste läuft mit einem Popsänger davon, die zweite engagiert sich in der Frauen- und Lesbenbewegung, und auf Silvia, der Verschwundenen, lastet nun die ganze Erwartung von Papi und Mami.
Zunächst lief es ja wie geschmiert: keine Probleme, der Besuch des teuersten Colleges nur Zwischenstation auf dem Weg in die vollkommene Ehe. Und die kam dann auch zustande. Ernest W. Webster III., wie

du siehst, schon dem Namen nach aus einer angesehenen Familie in Houston, tauchte auf, Liebe auf den ersten Blick, sie war neunzehn, mit zwanzig unter der seligen Anteilnahme beider Familien dann Heirat. Übrigens«, Fred lächelte, »hier auf dem Felsen, in Negril ... Aber dann«, er zog bedeutungsvoll die Brauen hoch, »in fünf Jahren angeblich tadelloser Ehe kein Kind. Kein Junge! Nicht mal ein Mädchen. Statt dessen Scheidung. In Reno, das muß einer sich mal vorstellen ...«
»Also muß die teure Zuchtkuh wieder her, zur Vernunft kommen und in den Hafen einer zweiten tadellosen Ehe einlaufen und die vorgeschriebenen zwo-Komma-vier Kinder werfen, nicht?«
»Genau«, sagte Fred.
»Da aber liegt das zweite Problem«, sagte ich ernst. »Du hast da was von ›schleppst sie dann an den Haaren hierher‹ erwähnt. Das geht nicht. Die Frau ist erwachsen, verfügt über einen neuen Paß und ein eignes, gutgepolstertes Konto. Wenn die nein sagt, können wir nichts machen ...«
»Wenn alle Stricke reißen und du, später vielleicht wir beide, also wenn wir sie nicht zu dem bringen können, was ihr Vater und der Familienanwalt Vernunft nennen, genügt als Beweis deiner Bemühungen die Erklärung von einem Anwalt, also von mir, einem Friedensrichter oder, gegebenenfalls, eines Arztes oder eines Pastors einer seriösen Kirche, daß sie, immer noch körperlich und geistig gesund, aus freiem Willen hierzubleiben wünsche. Dann setzt der Vater sich oder seine Fußtruppen in Bewegung, aber das geht uns nichts mehr an. Klar?«
»Klar«, sagte ich.
Wir erhoben uns, Fred zeichnete die Rechnung ab, und wir gingen zum Parkplatz.
»Überstürze nichts und gebrauch, auch wenn's dir schwerfällt, dein Fingerspitzengefühl, hm«, mahnte Fred.

Er öffnete den Wagenschlag seines Jaguar und fuhr lautlos an, seiner nächsten Aufgabe nachzugehen, um noch mehr Geld zu verdienen. Dieser Idiot arbeitet sogar nachts!

7

All the girls want Nattie Congo,
Nattie Bongo,
Bongo Nattie, no bald head,
Only dread locks and Nattie Dread,
All the girls want I and I
an Selassie I.
Lord Laro

Im Jahre 1649 wurde König Charles I. hingerichtet und England Republik; 1651 begünstigte Oliver Cromwells Navigationsakte den Handel auf englischen Schiffen, zwischen 1652 und 1654 tobte zwischen den Niederlanden und England ein Seekrieg, »Britannia rules the waves«, und Lordprotektor Cromwell entwarf die damalige *Neue Weltordnung, The Western Design;* 1655 verlor Spanien Jamaika an England.

1679 schützte das englische Parlament die persönliche Freiheit der Bürger gegen die Gewalt der Krone durch das *Habeas Corpus*-Gesetz; 1685 fand die letzte Schlacht auf englischem Boden statt, 1689 begründete die *Bill of Rights* die konstitutionelle Monarchie in Großbritannien; 1692 besiegte die englisch-niederländische Flotte am Kap von La Hague die französische: Die Londoner Börse erlebte einen ungemeinen Aufschwung, ein Jahr später wurde die englische *Ostindische Kompagnie* Aktiengesellschaft.

Das Motto der neuen Weltmacht: *Wenn und wo es keinen Handel gibt, gibt es Krieg.* Spanien ließ in der Karibik keinen Handel zu. England verkaufte Freibeuterbriefe an junge, dynamische, aufstrebende Persönlichkeiten mit gesundem Profitstreben; Port Royal auf Jamaika wurde *die lasterhafteste Stadt der Welt.* Und 1692 durch ein Erdbeben mit Flutwelle zerstört. Die wenigen Überlebenden ruderten und segelten über das von der Seeseite her durch die nehrungartige Halbinsel Palisadoes geschützte Haff zur ausgedehnten Ebene von St. Andrew, die im Schatten der Blue Mountains liegt, und machten aus dem um 1600 gegründeten Kaff Colonel Barry's Hog Crawle die später gewalttätigste Stadt der Karibik: Kingston.

Hier leben heute über dreißig Prozent der Bürger Jamaikas.

Das US-amerikanische Außenministerium warnt seine Bürger davor, unsere schöne Insel zu besuchen: Sie ist gefährlich. (Daß Washington, Atlanta, Los Angeles, New York, Chicago und andere Metropolen in den Vereinigten Staaten bei weitem gefährlicher für Einheimische und Touristen sind, verschweigen James Bakers Angestellte natürlich: Mord ist dort die häufigste Todesursache für einen schwarzen Mann unter fünfundzwanzig Jahren.)

Es war also höchst unwahrscheinlich, daß die Verschwundene sich in Kingston aufhielt, aber ich mußte auch diese Möglichkeit in Betracht ziehen. Donna ließ von Mrs. Dexters bestem Foto fünfzig Abzüge machen und setzte sich mit dem Privatdetektiv Bill Foster in Verbindung, mit dem ich verschiedene Male erfolgreich zusammengearbeitet hatte, und beauftragte ihn, in dieser Stadt, in der er sich besser auskennt als ich, Recherchen anzustellen.

Ich legte die Füße auf den Schreibtisch und rief eine große Agentur an. Für den Honorar-, Schmiergeld- und Spesensatz, den der clevere Fred Clarke ausgehandelt hatte, sollten Kollegen sich in Montego Bay, Negril, Ocho Rios und anderen Ghettos US-amerikanischer Touristen an der Nordküste die Hacken ablaufen und Mrs. Silvia M. V. (Mary, the Virgin?) ausfindig machen.

Ich wollte mein Geld im Schlaf verdienen, mich wie der legendäre glückliche Eingeborene von der Trauminsel in der Hängematte räkeln, meine Zehen betrachten, mir Rumpunsch in den Hals schütten und ab und an einer Gespielin winken, die mir nach

getaner Arbeit den Lipstick vom Dipstick wischen sollte.
Aber ich mußte wieder einmal die Erfahrung machen, wie entsetzlich es ist, allein in einem großen Bett schlafen und allein aufwachen zu müssen; wenn ich morgens aufstand, dann mit dicken Eiern und undefinierbaren Aggressionen im Schädel, dann mit belegtem Gaumen und pelziger Zunge vom zu vielen Rauchen und Saufen; wenn ich abends zu Bett ging, dann in der wilden und verzweifelten Hoffnung, sofort einschlafen zu können und nicht von Träumen geplagt zu werden, in denen nur gehauen und gestochen wird; und wenn ich ab und zu im Büro aufkreuzte und meinen Augen befahl, nicht zu lange und nicht zu träumerisch auf Donnas Bauch, Busen und Hintern, Schenkeln und Lippen spazierenzugehen, merkte ich, wie mein *Mund so schnell* war *wie der Arsch eines kranken Negers.*
Kein Zweifel: Ich war krank.
Und zwischen mir und meiner Genesung stand *eine Verschwörung der Weiber.* Oder mein verletzter Stolz. Oder meine verletzte Eitelkeit.
Beim Kramen in Donnas Schreibtischschublade war ich auf ihre schmale Handtasche und in der auf einen Brief Valeries gestoßen, in dem es zum Schluß hieß: »Halt dich an Ruffneck in meiner Abwesenheit, Liebste. Er ist gesund und mehr als munter, und er mag Dich, wie ich weiß (und Du magst ihn, klar). Du weißt ja, wie das ist mit anderen in diesen Zeiten mit Aids …«
Ich hatte den Brief zurück in den Umschlag gesteckt, den Umschlag in die Tasche, die Tasche in die Schublade und minutenlang wie betäubt dagestanden. Dann hörte ich Donnas Schritte auf dem Korridor, flüchtete in mein Büro, schob eine Soca-Kassette in den Recorder und spielte sie so laut wie möglich ab, das Schwirren der Wut und gekränkten Eitelkeit in meinem armen Schädel zu übertönen.

Von da an betrat ich mein Büro so selten wie möglich.
In den nächsten Tagen trudelten die Berichte der Kollegen ein: Mrs. Dexter war am Freitag, dem 14. August, in Montego Bay angekommen, hatte sich bei AVIS einen Leihwagen gemietet, traf am Abend desselben Tages in Negril ein, wo sie in einem der teuersten Alles-inklusive-Hotels abstieg, das sie für vierzehn Tage gebucht hatte – es war, wie vorauszusehen, dasselbe Hotel, in dem sie Jahre zuvor ihre Flitterwochen verbracht hatte. Am 28. August, am frühen Nachmittag, fuhr sie mit unbekanntem Ziel ab, »in Begleitung eines sehr gut aussehenden Rastas«, versicherten zwei Angestellte; am Montag, dem 31., gab sie den Wagen am Flughafen von Kingston ab. Von da an verlor sich ihre Spur. Die Angestellte des Autoverleihs erinnerte sich nicht, wer den großen Toyota vorschriftsgemäß abgeliefert hatte. Es war kein Flug auf den Namen der Vermißten gebucht.
Auch in den Melderegistern der in Frage kommenden Hotels und Gästehäuser Kingstons und in den Touristenghettos tauchte ihr Name nicht auf. Aber das besagte nichts. In unserer gleichberechtigten Gesellschaft steigen stets »Mr. & Mrs. John Brown« in Hotels ab. Solange ich den Namen des »sehr gut aussehenden Rastas« nicht wußte, gab es keine Chance, Mrs. Dexters Aufenthalt herauszubekommen. Der einzige Anhaltspunkt, den ich nun hatte, waren ihre drei Ansichtspostkarten an die Familie in den Staaten. Alle in Bath, St. Thomas, abgestempelt.

Is whole a heap a ting Jamaica lack
But when yuh run from a problem
It never solve.
Pluto Shervington

8

Port Antonio war ruhig und verschlafen wie an allen Wochentagen.

Lediglich freitags und samstags und um jeden Monatsersten herum lebt die Hauptstadt von Portland etwas auf.

Nur vor der Polizeiwache drängte sich ein Häufchen Menschen, und im Gerichtsgebäude und davor, auf dem Parkplatz um den Uhrenturm herum, wogte eine bunte Menge. Es war Dienstag, der Tag, an dem vor dem Einzelrichter die kleineren Kriminalfälle verhandelt werden: eine Volksbelustigung wie Kino oder Zirkus.

Ich parkte den Wagen hinter dem Markt und ging zur Wache.

Das Tor zum Hof war abgeschlossen, ein Beamter in Zivil deutete mit dem Kinn zum Haupteingang hin. Ich wandte mich nach rechts und lehnte mich über den Tresen, hinter dem der Wachhabende Eintragungen in eine große Kladde machte und eine junge, hübsche Polizistin in Uniform sich die Lippen nachzog. Ich lächelte sie an, machte ihr wegen ihres Aussehens ein paar Komplimente, fragte sie, ob sie abends Zeit hätte, mit mir ins *Shadows* zu gehen. Sie grinste mich breit an, hob bedauernd die Hände, sagte, sie habe bereits einen Mann, worauf ich erwiderte, eine Frau ihres Kalibers könnte drei Männer vertragen. Dann fragte ich, ob Detective Sergeant Dean Campbell im Büro der Kripo anzufinden sei, worauf sie mich berichtigte, er habe derweil einen

höheren Rang und sei: »Sie wissen ja, wo, Mister ...«
»Fraser«, sagte ich, »Ruffneck für meine Freunde.«
»... Mister Fraser, wo das ist.«
»Später, Süße«, sagte ich. Sie lachte.
Im Büro der Kripo das mir vertraute Bild: lauter gutgekleidete, rasierte, gewaschene Beamte, die hinter ihren Schreibtischen hocken, Zeitung lesen, auf und ab gehen, Notizen vergleichen. Wie hinter der Bühne eines Amateurtheaters, bevor sich der Vorhang öffnet.
Sie probten ihren Auftritt vor Gericht.
Die Fenster, wie damals, als ich noch bei der Truppe war, mit stahlverstärkten Läden verschlossen, nur noch dreckiger, eine Neonlampe spendete ihr spärliches Licht, ein Ventilator kreiste müde, an der Wand noch immer die Schiefertafel, die den Termin für die nächste Dienstkonferenz der Kriminalbeamten anzeigte; in krakeliger Schrift darunter, mit Ausrufezeichen, ab sofort sei jeder Urlaub gesperrt – es war also etwas im Busch. Und ich sah mich in Gedanken unter diesen Kollegen sitzen, ein geplättetes und gestärktes neues Hemd an, einen modischen Schlips um den Hals gewürgt, die Slippers geputzt, die Kanone im Gürtel über der Arschtasche, aufgeputzt wie zum Kirchgang, meiner Pflicht nachzugehen: die Beweiskette gegenüber Eier- und Ziegendieben, Männern, die ihrer Unterhaltspflicht nicht nachgekommen waren, um Geld gespielt, in der Öffentlichkeit obszöne Worte gebraucht, ihre Frauen oder Kinder, Nachbarn oder den Wirt einer Kneipe verdroschen hatten, so unwiderleglich zu machen, daß der Richter den Fall nicht vertagen oder mit Anwälten über die Höhe der Kaution streiten oder an das Landgericht mit der Jury abgeben mußte.
Nicht die großen Prozesse, von denen wir in der Zeitung lesen, machen die Krone von Polizeiarbeit und Gerichtsbarkeit aus, sondern die säuberlich, in alphabetischer Reihenfolge nebeneinanderstehende

bunte Mischung armer Galgenstricke bei den *Petty Sessions*, bei denen der Ehrenwerte Richter nicht einmal den Kopf zu heben braucht und in regelmäßigem Abstand das Hämmerchen (falls er es noch benutzt) auf die Tischplatte fallen läßt, gelangweilt »dreihundert Dollar ... dreihundert Dollar ... dreihundert Dollar ...« murmelt, woraufhin der Missetäter, wenn er genügend Geld in der Tasche oder Verwandte im Zuschauerraum hat, das bemessene Äquivalent seines Vergehens dem dafür bestimmten Beamten überreicht, aufatmet und aus den Verließen der Justiz ins Sonnenlicht der Freiheit schreitet.
Ich schüttelte mich und fragte den hübschen Mulatten, der in Seidenstrümpfen und mit Seidenschlips auf dem abgeschabten Hocker neben der Tür saß, nach meinem Freund Prento; er schaute kaum auf, repetierte innerlich noch immer den Text für seinen Auftritt, wies mit dem Daumen auf die Tür in der Wand, die ihm gegenüber lag, und schloß die Augen.
Prento hat also sein eigenes Büro! Oder einen dunklen Hühnerstall, sagte ich mir, nachdem ich an die Tür geklopft, das »Herein!« gehört und die Tür hinter mir geschlossen hatte.
»Ach, du bist's«, sagte mein bester und ältester Freund nur.
Wir sind im gleichen Jahr geboren, zusammen in Windsor Forest aufgewachsen, in dieselbe Volksschule und in dieselbe High School gegangen, im selben Jahr zur Polizei; und da hockte er nun, ein Häufchen Unglück, immer noch Beamter bei der Kripo, verheiratet, vier eheliche Kinder, in einem verknautschten blauen Anzug, die Ellbogen auf der zerkratzten Resopalschreibtischplatte in der Farbe von Hühnerscheiße, wenn die Viecher Durchfall haben, das sauber rasierte Kinn zwischen den Handflächen, und guckte mich stumpf an.

»Na«, sagte ich. »Wie geht's?«
»Scheiße!« sagte Prento. Er sprang auf. »Komm, wir gehen hoch, in die Kantine! Hier krieg ich noch den Zellenkoller!«
In der Kantine lebte er auf. In der Kantine wird aus jedem Beamten ein leidlicher Mensch. Ich hatte einen Flachmann Rum, Bitter Lemon, eine Limone, Eis und zwei Gläser bestellt, prostete Prento zu und hob das Kinn.
»Ich muß hier raus!« murmelte er nur dumpf.
Ich ließ den Satz in meinem Schädel nachklingen und frotzelte: »Das hab ich mir vor dreizehn Jahren gesagt. Und du ...«
»Ach, hör auf«, murrte er, »dieses Mal meine ich's ernst. Aber Alicia ...«
Seine Frau. Eine geborene Burke. Die alte Platte. Ich konnte sie nicht mehr hören! Sie rauschte schon, so oft hatte ich die Weise gehört. Prento war seiner Frau treu und ergeben. Monogamie ist bekanntlich die am meisten verbreitete Geschlechtskrankheit.
»Komm«, sagte ich, »trink aus! Dann gehen wir runter; ich diktier dir deinen Abschiedsbrief, du räumst deine Klamotten aus der Schreibtischschublade, und dann hilfst du mir bei meinen Recherchen und ...«
»Aber Alicia!« wandte Prento ein.
»Scheiße!« fuhr ich ihn an. »Wie oft hab ich's dir schon gesagt: Richte ihr ein Restaurant ein, und laß sie kochen und den Laden schmeißen! Kochen kann sie ja«, erinnerte ich ihn voller Hohn.
»Ruffneck!« sagte er beschwörend. »All die Jahre hab ich sie belügen müssen ...«
Ich hörte nicht mehr hin. Ich kannte seine Argumente auswendig.
All die Jahre war Alicia so blöd anzunehmen, der Lebensstil, den er ihr und der Familie – er hat drei Töchter und einen Sohn – ermöglichte, wäre von seinem Gehalt bei der Kriminalpolizei finanziert

worden. Was ihm die Haare grau färbte, waren seine Anstrengungen, seine wahren Einkünfte und ihr Zustandekommen vor ihr zu verheimlichen: Das Geldwaschen war ihm ein Alptraum. Obwohl ich ihm den größten Teil dieser Arbeit abnahm und seine Anteile an unseren gemeinsamen Geschäften per Kurier bei einer vertrauenswürdigen Bank auf den Cayman Islands einzahlen ließ, so wie meine.

Hätte ich ihm nun von dem Schnüffler vom Finanzamt in Kingston erzählt, der meine Bücher kontrollierte und mir Scherereien bereitete, Prento hätte sich in die Hosen geschissen. Dabei ist er im Gegensatz zu mir ein mutiger Mann und der beste Pistolenschütze der Polizei im ganzen Osten von Jamaika.

»Restaurant, meinst du also«, beendete er seine Litanei. »Und wie soll ich offiziell das Startkapital aufgebracht haben?«

»Ich leihe es dir«, sagte ich. Aber das konnte meinen Freund nicht überzeugen.

»Sie traut dir nicht über den Weg. Daß du damals deine Laufbahn bei der Kripo beendet hast und seither in Saus und Braus lebst und ...«

»... und Weiber an jedem Finger der Hand und Tripper, Herpes, Syphillis, Aids! Und nie in der Kirche! Ich kenne deine Alicia. Aber ganz im Ernst ...«

»Ich hätte da schon tolle Räume an der Hand«, unterbrach er mich träumerisch.« Hinter dem Roof-Club, in den Obergeschossen, mit sagenhaftem Blick über den Hafen, zwei Terrassen ...«

»Prento«, sagte ich, trank aus und blickte ihm in die Augen. »Komm! Jetzt! Gleich! Verdammt noch mal!«

»Meinst du?« fragte er lahm.

Ich griff ihn an beiden Jackenrevers und zog ihn halb über den Tisch.

Eine Stunde später hatten wir seine Begnadigung von lebenslanger Beamtenlaufbahn unter Dach und Fach gebracht, eine weitere Stunde danach einen Termin bei einem zuverlässigen Anwalt; und nachts stand ich vor der Tür seines Fertighäuschens in einem *Housing Scheme*, das er sein Leben lang in kleinen Hypothekentilgungen abzahlen mußte. Prento, sturzbesoffen an die Wand neben mir gelehnt, klingelte, ich hörte daraufhin seine dumme Töle hinter dem Haus wie hysterisch bellen (nicht einmal die hatte er dressiert!), die Tür ging auf, Alicia stand im Hausmantel und mit Lockenwicklern im Haar vor uns; ich packte mir meinen Freund über die Schulter und brachte ihn zu Bett, und fünf Minuten darauf fiel Alicia mir um den Hals. Dabei stank ich nach Rum wie ihr Mann und war mindestens so betrunken wie er.

»Endlich!« sagte Alicia nur, küßte mich auf die Wange, drückte mich in einen der entsetzlichen Veloursessel im winzigen Wohnzimmer, stellte zur Feier des Tages eine Flasche süßen Weißwein der schädelplattenknackenden Marke *Rhine Valley* und zwei Gläser auf den Tisch, goß uns ein, setzte sich auf die Couch, stellte die Beine weit auseinander, drapierte den Frotteemantel im Schritt, lehnte sich zurück, prostete mir zu, den kleinen Finger grazil vom Glas abgespreizt, und bat mich mit leuchtenden Augen, meine Geschichte zu wiederholen.

Das tat ich denn auch und fragte sie anschließend: »Na, ist das nichts? Du managst das Restaurant, und er schmeißt die Bar, und bei deiner guten Küche laufen euch die Kunden, Touristen wie Einheimische, die Bude nur so ein!«

»Der Arme war nur zu feige«, sagte sie. »Denkst du denn, mir wäre nicht aufgefallen, wie sehr er sich kaputtmacht in seinem bescheuerten Job als Bulle? Seit Jahren hab ich ihn angefleht, den Bettel hinzuschmeißen und wieder ein guter Gatte und Vater zu werden. Es macht nämlich keinen Spaß, mit einem müden Roboter verheiratet zu sein.« Sie betrachtete belustigt mein entgeistertes Gesicht. »Und das Geld für den Anfang einer neuen Existenz hätte ich schon aufgetrieben!«

»Du?« fragte ich nur.

»Klar«, erwiderte sie. »Als geborene Burke! Meine Großtante hat mir schon lange ein Darlehen angeboten. Mit nur vierundzwanzig Prozent Zinsen! Aber wenn du es um den popligen Sparzinsensatz von achtzehn machst, na um so besser. Nicht?«

Sie rief mir ein Taxi per Telefon, und ich ließ den Wagen in ihrer Hauseinfahrt stehen.

Um Mitternacht war ich zu Hause, in Windsor Forest. Der Taxifahrer fluchte wegen der schlechten Straße und verlangte mehr Geld als abgemacht. Aber das war mir egal. Ich wollte nur noch ins Bett.

9

Yuh hav nervous problems?
She seh: No, Mama!
Yuh hav man-problem?
She seh: No, Mama ...
Sharon, yuh ah pregnant, yuh pregnant?
She seh: No, Mama!
Screwdriver

Meine Tochter Noris weckte mich um neun. Ihre Geschwister waren längst in der Schule. Sie schwänzte, mit mir einen Tag in Porty zu verbringen. Die Weiber – Valerie und Donna – hatten sich gegen mich – gegen? – verschworen, nun, ich hatte mich mit Noris gegen Valerie verschworen!

»Andrews!« grunzte ich nur, als sie mich an der Schulter rüttelte. »Zwei! Und ein Riesenglas Wasser!«

Es ist herrlich, wenn man eine große Tochter hat! Im Nu hatte ich das Brausepulver gegen meinen Kater und das Wasser, ein großes Glas frischgepreßter Orangensaft folgte. Als ich unter der Dusche stand, hörte ich sie in der Küche vor sich hin pfeifen, und als ich mich ächzend an den Eßzimmertisch setzte, befand sich schon ein Tellerchen mit Papayascheiben, beträufelt mit Limonensaft, vor mir, danach servierte sie Pfannkuchen mit Honig aus dem Busch, räumte wie ein Profi die Teller ab, goß Kaffee in meinen Becher, süßte ihn mit Kondensmilch und braunem Zucker, schob eine Portion Spiegeleier mit geräucherten Lendenstreifen und Chinakohl vor mich, ein Leuchten in den Augen, noch immer diese obszöne Dance-Hall-Weise vor sich hin pfeifend und summend. Es fehlte nur noch, daß sie für mich verdaute und auf den Topf ging.

Noris ist ein hübsches schwarzes Mädchen, sie wird im nächsten Januar vierzehn und ihr Wachstum wohl erst bei einem Meter und achtzig beenden; sie hat

wunderschöne lange Beine mit ausgewachsenen Waden, ihr Busen ist schon jetzt größer als der ihrer Mutter, ihr Po steht wie der Valeries verführerisch hervor und empor, ihre Augen sind riesig, ihre Lippen, die sie immer wieder unbewußt mit ihrer hübschen rosa Zungenspitze befeuchtet, sinnlich – mit einem Wort: Sie ist schon jetzt eine Gefahr für jeden Mann und Jungen und der Stolz des überaus in sie verliebten Vaters. Nur Valerie ging es nicht auf, daß ihre Tochter kein kleines Kind mehr war. So kam Noris zu mir, über ihre seelischen, sexuellen und körperlichen Probleme zu reden. Das machte mich stolz. Und so hatte ich für sie und mich einen Termin beim Familienplanungszentrum in Port Antonio vereinbart. Ausgerechnet für heute!
Derselbe Taxifahrer, der mich in der Nacht »in den Busch«, nach Windsor Forest, kutschiert hatte, stand Punkt zehn Uhr vor der Tür, und wir fuhren nach Porty.
Immer wieder sah ich den nachdenklich-strengen Blick des Fahrers im Rückspiegel: Noris in meinem Arm, über alles mögliche klatschend und schnatternd, mir immer wieder kleine Küsse auf die gutrasierte Wange versetzend: Kein Zweifel, da war ein unmoralischer *Sugardaddy*, ein *Boops* oder *Brinks* mit seinem jungen Mädel unterwegs, seiner Gespielin »unterhalb der Altersgrenze für die sexuelle Zustimmung«, also unter sechzehn, diesem kleinen, wehrlosen Geschöpf Geschenke zu machen, mit ihm zu protzen, es vor den Augen der Öffentlichkeit der Unschuld zu berauben.
Auf der Windschutzscheibe des Taxis ein Sticker mit Jesus. Und daß Noris mich immer »Daddy« nannte, machte meinen Umgang mit ihr nicht unschuldiger.
Am Tunnel-Plaza in der Stadt stiegen wir aus, über die Schulter guckend, sah ich, wie der Fahrer den Kopf schüttelte, als wir die Glastür zum Familienplanungszentrum aufstießen.

»Hast du's bemerkt?« kicherte Noris. »Der dachte wahrhaftig ...« Und sie schüttelte sich vor Lachen. Was die Dame, die uns empfing, gar nicht komisch fand. Sie war – leider – eine andere als die, mit der ich das Treffen vereinbart hatte; und als sie, statt sachlich zu informieren, mit schriller Stimme auf Noris einzuquatschen begann, daß »der beste Schutz vor Aids, dieser Geißel Gottes gegen die entsetzlich sündigen Zustände, die heutzutage herrschen, nicht im Kondom besteht, sondern in der Treue von Mann und Frau im heiligen Stand der Ehe, in dem es eben nur *einen*, verstehst du, mein Kind?, *einen* ständigen Sexualpartner« gäbe, stand ich auf, griff die verwirrt blickende Tochter am Ellbogen und sagte der Dame, ich hätte mich in der Adresse geirrt. Hier wäre wohl nicht eine Filiale von FAMPLAN, sondern eine Dependance der römisch-katholischen oder anglikanischen Bischofskonferenz.

»Aber, mein Herr!« protestierte die Dame.

Ich schnitt ihr das Wort ab.

»Wenn ein sexuell reifer Teenager Sie aufsucht und von Ihnen erfahren will, ob die Pille ihr bei heftigen Krämpfen und großen Blutverlusten während der Periode helfen kann, und wenn ja, welche Sorte, haben Sie gefälligst Ihrer Informationspflicht nachzukommen und keine Lektion in ›christlicher Eheführung‹ zu erteilen, Miss ...!«

»Mrs.!« berichtigte mich die Dame, um die Nase herum blasser geworden.

»Ich werde mich über Sie bei FAMPLAN beschweren«, sagte ich abschließend, die Türklinke schon in der Hand. »Scheißtypen wie Sie sind es, die vielfach an der großen Menge überflüssiger Teenager-Schwangerschaften schuldig sind, über die sie sich dann das Maul zerreißen. Guten Tag!«

Noris hielt sich am Eisengeländer des Balkons fest, der zum Treppenhaus im Oberstock des Gebäudes führte, und wand sich vor Lachen.

»Erst hält der Taxifahrer dich für einen Kinderschänder, und dann hält mir Bischöfin Dutt einen Vortrag über die ›ganz und gar vollkommene Ehe‹!«

»Komm«, sagte ich. »Wir gehen zur Drogerie und kaufen drei Pillenpackungen für dich. Wenn du sie nicht verträgst, schlepp ich dich zu einem Frauenarzt in Kingston, der einen Hormonabstrich machen und dir eine andere, auf dich zugeschnittene Pillensorte verschreiben kann.«

Ich war noch immer wütend, und gröber als geplant und nötig, fragte ich sie: »Wie man dem Partner den Pariser über den Schwanz zieht, weißt du hoffentlich?«

»Aber ja, Daddy!« Noris kicherte. »Beim letztjährigen Ausflug nach Kingston anläßlich des Welt-Aids-Tages haben die uns das vorexerziert – mit einer Banane.«

Das beruhigte mich.

Wie auch die Tatsache, daß die Packung Pillen in der Pharmazie immer noch (subventionierte) fünf Jamaika-Dollar kostet. Weniger als fünfundzwanzig Cent US.

Punany too sweety, too sweety ...
Lecturer

10

Es war Prento peinlich, mir etwas für seine Mithilfe bei der Suche nach der verschwundenen Mrs. Dexter in Rechnung zu stellen. Schließlich und endlich nahm er fünfzig US- und quittierte über eintausendeinhundert Jamaika-Dollar.

Mrs. Dexter war nicht im teuren *Trident* abgestiegen und nicht in den billigen Guesthouses auf der Titchfield-Halbinsel in Port Antonio, nicht im *Palace*-Hotel oder in Dragon Bay, nicht in den Cottages am Strand von Long Bay, nicht in den *Bed & Breakfast*-Unterkünften zwischen Porty und Port Maria in St. Mary – so weit entfernt hatte Prento gar recherchiert. Er hatte die ihm bekannten Schwanzverleihfirmen abgeklappert und jeder Hausangestellten in den Feriencottages der Parishs Mrs. Dexters Foto unter die Nase gehalten.

»Aber ich bleib am Ball«, versprach er. »Und versuch, den Namen des Rastas rauszukriegen, dann vergleichen wir noch mal die Melderegister ...«

Nichts Neues auch aus Kingston. Donna erzählte nur, daß Valerie angerufen hatte: Sie war mit ihrem Gewährsmann von Kanada aus – mit einem zweiten, gefälschten Paß und der begehrten *Green Card* – ohne weiteres über die Grenze in die USA gelangt. Der Job sei problemlos und gefalle ihr.

Prento warnte mich mehrfach, weder Knarre noch Ganja mir mir zu führen: Es wäre zwar noch nicht amtlich, aber alles deutete darauf hin, daß der Premierminister eine großangelegte gemeinsame Operation von Polizei und Armee angeordnet hätte, die bald stattfinden würde. Sowohl in den Rängen der Constabulary Force als auch in denen der Armee grummelte es. Das zur Zeit noch als *top secret* gehandelte Unternehmen würde den Namen *Operation Ardent* tragen; Prime Minister Patterson und sein Minister für Innere Sicherheit versprächen sich von dem Manöver einen großen Durchbruch im Kampf gegen organisierte Kriminalität, Kokainhandel und Revolverschwinger.

»Kompletter Blödsinn!« grollte Prento. »Die werden die kleinen Fische in großen Netzen fangen, und die Profis halten so lange still und sich bedeckt. Das wird alles sein.«

Nachdem ich in Portland meine privaten Angelegenheiten in aller Ruhe erledigt hatte, fuhr ich am 29. Oktober frühmorgens mit dem Wagen los in Richtung St. Thomas.

Die gesamte Nationalstraße A 4 von Port Antonio bis zur Grenze in Hector's River ist – von einigen kurzen Strecken abgesehen – in unsagbar schlechtem Zustand, und ich verfluchte wie immer die Ingenieure und Vorleute des *Public Work Department,* hier der Straßenbaubehörde: Es ist unbegreiflich, wie sie es schaffen, auf gerader Strecke Spur- und Querrillen zu gleicher Zeit gießen zu lassen und dafür zu sorgen, daß das Wasser nach heftigen Regengüssen auf keinen Fall abfließen kann. So entstehen an den strategisch wichtigsten Punkten riesige Schlaglöcher, zumeist an den Innenseiten gefährlicher Kurven, so daß jeder Autofahrer genötigt ist, Slalom zu fahren. Freunde aus den USA sagten mir einmal, sie hätten »an sich« keine Probleme mit dem Linksverkehr – in Großbritannien, Australien, Südafrika oder Neuseeland hätten sie sich binnen Minuten an die Umstellung gewöhnt –, aber auf Jamaika seien sie sich »nie sicher, ob hier Links- oder Rechtsverkehr herrsche«.

 An der Kreuzung in Hordley verließ ich die Nationalstraße und benötigte für die sechs Meilen bis Bath etwa eine halbe Stunde: Die Schlaglöcher waren hier Swimmingpools, über weite Strecken fehlte der Asphalt völlig, und wenn einmal Schlaglöcher aufgefüllt waren, dann mit gefährlich scharfen Schottersteinen und Mergel. Nach dem nächsten größeren Schauer konnte man sicher sein, daß sie wieder ausgewaschen waren und nur die Reifentöter von spitzen Steinen übrigblieben.

Zu meiner Linken erstreckten sich die drainierten Felder von *Eastern Banana*; auf den kleinen Bäumen reiften die Büschel grüner Früchte in blauen Plastiksäcken. Wenn sie einmal nicht die von den Empfangsländern vorgeschriebene Form und Größe hatten, durften die Arbeiter der Plantage jeweils ein Büschel mit nach Hause nehmen. Sie verfütterten sie an ihre Schweine, schmeckt die Banane doch nur nach Wasser und Düngemitteln, die zentnerweise in wissenschaftlich vorgeschriebener Weise verwendet werden. Ich mußte grinsen: Was hier unser Borstenvieh frißt, stopften in der Europäischen Gemeinschaft die Konsumenten mit Genuß in sich hinein ...

Zur Rechten erstreckten sich Zuckerrohrfelder. Aber diese Industrie ist im Niedergang begriffen; sie, die England jahrhundertelang so ungeheuer reich gemacht hatte – besaß jemand ein großes Vermögen, hieß es, er sei »reich wie ein jamaikanischer Plantagenbesitzer« –, schrumpfte derweil dermaßen, daß wir jedes Jahr über Weihnachten Zucker importieren müssen. Auf halber Strecke hörten die Zuckerrohrfelder ganz auf – während auf der linken Seite mehr und mehr Land für Bananen gerodet wurde – und machten säuberlich gepflanzten Kakaobäumen Platz.

Bath war verschlafen wie fast immer. Kurz bevor ich den schönen alten Botanischen Garten erreichte, bog ich rechts ab und befand mich auf der Zugangsstraße zum Mineralbad. Sie war in einem bei weitem besseren Zustand als die Hauptstraße und wand sich lieblich zwischen Bäumen, Büschen und Blumen, verdeckten Häuschen und hohem Gras den Berg hoch. Später ging es links der Straße steil in eine Schlucht hinunter, in der sich der Bach schlängelt, der oberhalb des Kurhotels seine Quelle im Felsen hat und schließlich in den Plantain Garden River mündet. Das sanfte Grün der Bambushaine! Ein Wasserfall, der etwa zwanzig Meter steil über ausgewaschenen, gemaserten Felsen in den Bach sich ergießt! Seltsame langschnablige und langbeinige Vögel, die auf rundgeschliffenen Felsbrocken im Bachbett standen.

Das wunderschön an einer Schlucht gelegene Kurhotel wurde zur Zeit von der Regierung betrieben und war zur Privatisierung ausgeschrieben. Da es aber – höchst charmant – heruntergekommen war und die Zufahrtsstraßen jeder Beschreibung spotteten, hatte sich bislang kein Investor gefunden.

Ich parkte den Peugeot auf dem kleinen Platz vor dem Eingang des Hotels, nahm meine Reisetasche aus dem Kofferraum und schritt am Security Guard vorbei durch eine zur Linken offene, von Pfeilern getragene Halle, von der es rechts, direkt neben dem Haupteingang, zu den Räumen mit den Mineralbädern geht.

Es war still und friedlich. Kein Mensch in der Rezeption.

Ich schaute mich gut um und blätterte dann im Gästebuch: Im betreffenden Zeitraum keine Eintragung von Mrs. Dexter. Ich klopfte mit den Autoschlüsseln auf den Tresen und wartete.

Niemand kam.

Ich setzte mich in einen der Besuchersessel und schloß die Augen. Dann erst fiel mir auf, daß es zwar ungemein friedlich, angenehm kühl, keineswegs aber still war: Der oberhalb des Hotels entspringende Bach schoß mit großer Geschwindigkeit durch die Schlucht und rauschte mächtig. Meine Ohren hatten das Ge-

räusch, da es ein natürliches war, ein Geräusch der Natur, vorher nur fortgefiltert.
Ich stand auf.
Auf der anderen Seite der Schlucht wand sich ein Ziegenpfad. Eine dicke Frau kletterte ihn hoch, gefolgt von zwei Mädchen. Sie winkten mir zu, riefen auch etwas – ich hörte nichts, sah nur ihre weißen Zähne und das Lächeln –, verschwanden dann hinter der Kammlinie des Hügels. Vom Bachbett bis zu dieser waren scharlachrote Alpinien gepflanzt, die wir Zieringwer nennen. Das Brennen der Blütenstände in den Augen!
Ich setzte mich wieder hin und döste.
Später, ich weiß nicht, ob ich eingeschlafen war, hörte ich Schritte die läuferbedeckten Stufen des Treppenhauses, das sich hinter der Rezeption befand, herunterkommen. Ich öffnete die Augen, sah spitze Pumps, grazile Fesseln mit Fußkettchen, wohlgeformte Waden, hübsche Knie, einen fleischigen Schenkelansatz unter einem kurzen Kleid, das Teil einer Uniform zu sein schien; Bauch, Busen und Gesicht befanden sich außerhalb meines Blickfeldes, dann stolzierte die junge Frau um mich herum, grüßte höflich, begab sich hinter den Empfangstresen und hob fragend das Kinn.
Ich blickte auf die Preisliste an der Wand und verlangte ein Zimmer mit Bad.
»Für wie lange?« fragte die hübsche Empfangschefin.
»Ich weiß es noch nicht«, sagte ich. »Ich glaube, ich bin sehr krank.«
»Oh«, machte sie mitfühlend. »Hoffentlich nichts Ernstes?«
Sie füllte den Meldezettel aus – ich brauchte weder Paß noch Führerschein oder Ausweis zu zeigen, also hätten auch Mrs. Dexter und ihr Begleiter unter jedem beliebigen Namen abgestiegen sein können –, ich unterschrieb ihn. Sie wiederholte ihre Frage.
»Doch«, sagte ich, »ich leide an dicken Eiern.«

Sie blickte mich mit offenem Mund an, bedeckte ihn mit der rechten Hand und prustete.
»Ich weiß nicht, ob wir Ihnen da helfen können«, meinte sie dann, Ernst vortäuschend. »Unser Mineralbad ist in aller Welt eher berühmt für das Kurieren von Hautkrankheiten, Rheuma, rheumatischen Erkrankungen, Arthrose, Arthritis ...«
»Ach«, erwiderte ich, »ich bin sicher, ich werde schon eine Kur – zumindest Linderung – finden.«
»Ja«, sagte sie, spöttisch lächelnd, »da bin ich mir auch sicher.«
Sie übergab mir den Zimmerschlüssel, nachdem sie mir ein Pfandgeld in Höhe von fünfzig Dollar abgenommen und die Quittung darüber überreicht hatte. Auch das Zimmer war etwas abgewirtschaftet, aber sauber, die Bettwäsche makellos, und das Bad mit Dusche roch nach Desinfektionsmittel mit Limonenduft.
Ich zog die Schuhe aus und legte mich auf das Bett. Es war turniergeeignet. Aber ich, ich war noch immer allein. Ich schloß die Augen und schlief bald ein, das Rauschen des Baches in der Schlucht im Ohr. Kein Schmerz unter der Schädelplatte, und auch mein Schwanz meldete sich nicht. Morgen oder übermorgen, dachte ich kurz vor dem Einschlafen, mach ich mich an die Arbeit. Man soll es nicht übertreiben.

Gimme pu -
Nash can romp, ooh!
Major Mackerel

11

Ich wachte erst am frühen Nachmittag auf und erinnerte mich nicht sogleich, wo ich mich befand. Das Rauschen in der Schlucht sagte es mir dann.
Ich nahm zwei Handtücher aus meiner Reisetasche und lugte in den Flur. Im Hotel war es still. Es hatte den Anschein, als wäre ich der einzige Gast. Ich ging den Korridor hinunter in den Aufenthaltsraum: Eine Couch und einige bequeme Sessel um einen Tisch gruppiert und auf den Fernseher mit Videoanlage fokussiert, der auf einem kleinen Tischchen thronte, das sich zwischen zwei weitgeöffneten Doppeltüren befand, die auf den Balkon über der Schlucht führten. Im anschließenden Dining-room quadratische Tische mit weißen Decken, jeweils vier Stühle drumherum, in zwei Reihen ausgerichtet wie in einer Offiziersmesse. An den Wänden Stilleben in Essig und Öl. Auch von diesem Zimmer führte eine Doppeltür auf den Balkon.
Im Aufenthaltsraum mit seiner hübschen, gefirnißten Holzdecke Drucke an den Wänden, Reproduktionen von Genrebildern jamaikanischen Lebens: eine Marktszene, eine stille Straße, ein Überlandbus, der um die Kurve fegt; alle in jener Mischung aus Naturalismus und Expressionismus, die sich gut an Touristen verkaufen läßt, gekonnt, aber flach. Ein Maler sollte mindestens drei Augen haben und in der Lage sein, mehr als das Augenscheinliche darzustellen.
Ich ging die Treppen hinunter, an der Rezeption vorbei, durch die Wandelhalle und öffnete die hüfthohen

Schwingtüren, die zum Gang in der Badeabteilung führten, schaute in jede Kabine, sah aber keinen Bademeister und rief dann nach ihm. Er tauchte am Ende des Korridors auf, ein Handtuch über der Schulter, einen Eimer tragend, grinste, machte eine ausholende Handbewegung, meinte, ich könnte mir eine beliebige Kabine aussuchen, und verschwand.
Ich öffnete die letzte Tür zur Rechten im Gang, schloß sie, hängte meine Handtücher an einen Nagel in der Wand und sah mich um: Ein gefliestes Treppchen führte in das im Fußboden eingelassene Becken, das groß genug war für eine Familie, unter der Decke ein hohes, breites Fenster mit Hammerglas, eine kahle Glühbirne baumelte herab, die Fliesen im Raum hatten zum Teil Sprünge und Risse, die Ölfarbe an den Wänden blätterte hier und da ab, Messingteile waren immer wieder mit neuen Schichten von Farbe bedeckt, die Armaturen im Becken bestanden lediglich aus zwei riesigen Hähnen und direkt aus der Wand kommenden Röhren für heißes und kaltes Wasser.
Die Quellen in Bath sind einzig. Ihr heilendes Wasser kommt aus dem einen Spalt im Felsen kalt hervor, aus anderen heiß. Um 1690 herum sollen die Quellen von einem entlaufenen Sklaven entdeckt worden sein. Sein Herr hatte ihn mit der Peitsche so blutig geprügelt, daß er fast an den aufgerissenen Wunden zu Grunde gegangen wäre. Aber dann – Gott ist gnädig, nicht wahr? – stürzte er halbbesinnungslos in das Wasser von Bath, die Wunden schlossen sich wie durch ein Wunder, und der Trottel hatte nichts Eiligeres zu tun, als zu seinem Besitzer zurückzulaufen und ihm von den Wirkungen der Quellen zu erzählen. Der verzieh seinem Eigentum großmütig die Ungeheuerlichkeit, fortgelaufen zu sein, und erwarb das Grundstück mit den Quellen. Neun Jahre später verkaufte er es mit gutem Gewinn an den Staat, und
 alsbald entstand ein beliebter Modebadeort, Bath in

England vergleichbar oder Baden-Baden in Deutschland, nur mit bei weitem wirksamerem Wasser mit hoher Radioaktivität.
Nun aber gammelte das Kurhotel vor sich hin, nur weil sämtliche unabhängige Regierungen von Jamaika nicht den Mumm hatten, der Diktatur der Bigotterie, dem Kirchenrat, die Stirn zu bieten, die Zugangsstraße zu reparieren, das Hotel zu renovieren, ein Spielcasino hinzuzufügen und Millionen in Devisen zu machen.
Ich zog mich aus und legte mich in das Becken. Das Wasser war heiß. Es roch seltsam. Ich sang und pfiff vor mich hin. Ich war mein Reggaestar in der Badewanne. Der kahle Raum hallte. Das Wasser machte mich müde. Ich war gewarnt worden, nicht mehr als zwanzig Minuten in ihm zu verbringen. Ich raffte mich auf, rubbelte meinen Körper mit dem Handtuch, zog Hosen und Pantoffeln an, verließ die Kabine, ging auf mein Zimmer, legte mich auf das Bett und schlief wieder.
Als ich aufwachte, war es dunkel. Mein Körper fühlte sich noch immer wohlig entspannt. Der Sexwurm nagte nicht mehr.
Ich machte Toilette und ging ins Speisezimmer. Dort war ich der einzige Gast. Das Essen, eine jamaikanische Spezialität, war gut, die Portionen aber waren klein, eher für Touristen gedacht. Als ich meinen Nachtisch verzehrte, betrat ein Paar den Raum, grüßte höflich auf jamaikanisch mit schwerem US-amerikanischem Akzent und setzte sich an den Tisch, der am weitesten von meinem entfernt war. Ich zahlte meine Rechnung – das Essen war doppelt so teuer wie in einem Restaurant für Einheimische – und trat auf den Balkon. Ich rauchte, dachte nach und starrte in den klaren Nachthimmel mit seinen unendlich vielen Sternen. Es war kühl hier. Mich schauderte. Ich ging zu Bett. Vom frühen Morgen bis jetzt hatte ich mindestens vierhundertfünfundzwanzig US-Dol-

lar Honorar verdient und hundertachtzig Spesen. Macht sechshundertundfünf. Gingen zwanzig fürs Zimmer ab, vier-vierundsiebzig fürs Essen, zwei für den Sprit von Windsor Forest nach Bath und ein Dollar für Zigaretten. Nicht schlecht.

My dick is in a terrible state:
Tonite me want to wreck a pum-
pum
Prince Buster

12

Als ich vom Frühstück aufstand, war ich noch immer hungrig. Ich fragte mich, warum die Portionen für Touristen so klein sind. Während meiner Weiterbildung bei Scotland Yard in London hatte ich erlebt, daß Weiße ebenso futtern können wie unsereins. Aber das waren wohl die Proleten, und die kommen im Urlaub nicht nach Jamaika.
Ich ging auf mein Zimmer, packte meine Badesachen und nahm noch einmal ein Bad im Mineralwasser.
Wieder war der Bademeister nicht zu sehen, und wieder war ich der einzige, der hier kurte. Ich zog mich an und knöpfte mir den Security Guard am Haupteingang des Hotels vor. Er bedauerte: Er habe seinen Job erst seit vierzehn Tagen. Aber um zwei Uhr sei Schichtwechsel, ich solle mich an seinen Kollegen wenden.
Ich kehrte zur Badeabteilung zurück und machte mich laut bemerkbar. Wieder tauchte der Bademeister am Ende des Korridors auf, ein Handtuch über der Schulter, einen Eimer tragend, wieder grinste er, und wieder machte er eine ausholende Bewegung, die bedeutete, alles stünde mir zur Verfügung.
Ich winkte ihn näher.
Er sah erstaunt aus.
»Ja, Sir?«
»Sagen Sie, haben Sie im September hier Dienst gemacht?«
»Ja, Sir.«

»Haben Sie diese Frau gesehen?« Ich hielt ihm Mrs. Dexters Foto unter die Nase.

Er lutschte an der Unterlippe. Ich rollte eine *Concorde* um meinen linken Zeigefinger und grinste ihn an.

»Na?«

»Die Whiteys sehen irgendwie alle gleich aus«, meinte er abwesend. Er schloß die Augen ein wenig, betrachtete mit gerunzelter Stirn das Bild und nickte dann.

»Ja, die ist es«, er kratzte sich im Nacken. »Sie kam mehrmals, immer mit 'nem Dread. Ja.«

»Sie wohnte oben?«

»Nee, sie zahlte – für sich und den Dread – jedesmal. Kam also woanders her.«

»Kam? Wie?«

»Mit einem Motorrad, einem Geländerad. *Rentar.*« Ich hätte es wissen und in dieser Richtung recherchieren müssen: Sie hatte den Leihwagen abgegeben und die Insel nicht verlassen; da war es nur zu logisch, daß sie – oder ihr Begleiter – sich ein anderes Fortbewegungsmittel verschaffte.

»Wann haben Sie diese Frau zum letztenmal gesehen?«

»*Wenn* es die Frau ist, die ich auf dem Foto zu erkennen glaube«, antwortete der Bademeister vorsichtig und warf einen begehrlichen Blick auf den Geldschein, »muß es so acht ... zehn Tage her sein.«

»Danke«, sagte ich und gab ihm die hundert Jamaika-Dollar.

»Keine Ursache. Wenn Sie sonst noch Fragen haben ...«

»Ja, hab ich. Sagen Sie, wo kann man in Bath gut und reichlich essen?«

Er lachte.

»Ja, die Portionen oben sind'n Witz, die sind mal gerade so für'n hohlen Zahn.« Er wurde ernst. »Da fahren Sie diese Straße runter, im Ort biegen Sie rechts ab und sehen auf der rechten Seite – noch vor der Tankstelle – den Markt. Auf 'm Platz davor, in so 'ner Bude, also da kocht mein Schwager. Gut. Ach, was sag ich, sehr gut. Und den Teller immer schön voll, wie es sich gehört. Hunger ist schlimmer als Liebeskummer.«

Da war ich für fünf Yankee-Dollar ganz schön weit gekommen.

Ich fuhr mit meinem Wagen in den Ort und zeigte in der Polizeiwache, in einigen Kneipen und im Postamt das Foto von Mrs. Dexter: Ja, die Frau wurde hier im September oft gesehen. Mit einem Dread. *Sie wissen ja, wie das ist.* Nein, den Dread kannten sie nicht. Aber er wohnte wohl in St. Thomas. Warum sollte der Bursche sonst so oft mit seiner Kundin nach Bath kommen? Morant Bay vielleicht ...?

Die Mutmaßungen waren vage. Die Leute freundlich. Sie kamen mir vor wie jene hilfsbereiten Leute, die, nach dem Weg gefragt, ihn auch dann erklären, wenn der Bestimmungsort ihnen unbekannt ist. Nur das Postfräulein äußerte sich entschiedener. Sie war sich sicher, daß die beiden nicht weit weg wohnten.

»Sie hat's mir auch mal gesagt«, sie schnippte mit den Fingern. »Irgendwo hinter Seaforth, in die Berge rein.«

Auch sie bekam ihre *Concorde.*

Dann rief ich Donna an und bat sie, meinen Kollegen Foster noch einmal zu den Verleihfirmen am Flughafen von Kingston zu schicken; er sollte herausbekommen, auf wessen Namen an dem Tag, an dem der Toyota abgegeben worden war, ein Geländemotorrad gemietet wurde.

Für heute genug gearbeitet, beschloß ich und parkte meinen Peugeot auf dem leeren Platz vor dem Markt. Die Portion Stew Beef war ausgezeichnet und riesengroß. Ich trank zwei Flaschen Red Stripe dazu. Ich zahlte zweiundsechzig Dollar und fünfzig Cent. Zwei Dollar achtzig US. Für den Spesensatz allein, den Fred Clarke für mich ausgehandelt hatte, könnte ich mir noch den Unterhalt für eine komplette, gemischte Fußballmannschaft Kinder leisten ... Aber mit wem sollte ich die zeugen?

My pum-pum is in a terrible state:
Tonite me want to wreck a body.
The Sexy Girls

13

Im Haupteingang des Kurhotels saß ein älterer Security Guard auf einem umgedrehten Plastikstuhl, die Unterarme auf die Rückenlehne gestützt, das Kinn auf dem Handrücken.
»Okay«, murmelte er.
»Alright«, erwiderte ich und ging an ihm vorbei, die Halle hinunter. Dann blieb ich stehen und griff mir ans Kinn: Das mußte der Kollege sein, von dem der junge Wachmann am Morgen gesprochen hatte.
Ich drehte mich um und schritt zu ihm. Neben dem Sessel blieb ich stehen. Der Mann wandte den Kopf.
»Ja?« sagte er mißtrauisch.
»Ihr Kollege wird Ihnen Bescheid gesagt haben: Ich bin Privatdetektiv und auf der Suche nach dieser Frau«, ich kramte das Foto aus der Brieftasche. Der Wachmann verschwendete keinen Blick darauf.
»Kann ich Ihre Lizenz sehen?«
Er war der erste, der mich an diesem Tag danach fragte. Ich hielt ihm die Lizenz zwischen Daumen und Zeigefinger vor die Augen. Er blickte mich schräg von unten an, wischte sich die Hand an der Hose ab, griff nach dem Plastikkärtchen, las das Geschriebene sorgfältig durch, verglich mein Gesicht mit dem Foto, betrachtete abwesend die Rückseite der Lizenz, zog die Wangen zwischen die Zähne, nickte bedächtig, reichte mir die Karte zurück, kratzte sich neben der Nase und bat um das Foto.
Er nickte mehrfach, nachdem er das Bild ausgiebig betrachtet hatte, und sagte nichts.

Ich wiederholte mein beliebtes Spiel mit der *Concorde.*

In seinem Gesicht rührte sich nichts. Er streckte die Hand aus. »Zwei«, sagte er nur.

Ich fischte eine weiter Hundertdollarnote aus der Brieftasche und behielt sie in der Hand.

»Ja?« fragte ich.

»Sie war vorige Woche dreimal hier. In einem alten, dunkelblauen VW-Käfer. Der Wagen wurde von einem etwa dreißigjährigen ... Geistesarbeiter gefahren. Zerknautschter blauer Anzug, weißes Hemd, blauer Schlips. Der Teint sehr dunkel, die Haare kurz. Die Frau nahm jedesmal ein Bad; der Typ wartete derweil hier auf dem Parkplatz im Auto.«

Ich gab ihm das Geld.

»Vorige Woche? Sind Sie sicher?«

»Absolut. Davor war ich drei Wochen krank und nicht im Dienst.«

»Der Begleiter war also kein ... Rasta?«

»Rasta, der? Absolut nicht. Ein *Baldhead* wie Sie und ich.«

»Wissen Sie, wo sie herkamen oder hinfuhren?«

»Nein. Aber ich hab sie einmal auf der Straße nach White Hall gesehen.«

»Nach White Hall?« Ich konnte es mir nicht vorstellen. »Ist diese Straße überhaupt für einen VW passierbar?«

»So übel ist sie nicht.«

Es hatte sich also etwas geändert in St. Thomas: Wenn die Straße zwischen Bath und Seaforth, die über Sunning Hill und White Hall führt, inzwischen so gut ist, daß ein Käfer sie befahren kann, bedeutet das, daß der Anbau von Ganja noch tiefer in die Berge in Richtung Macca Sucker gedrängt worden ist.

Ich kannte die Gegend wie meine Hosentasche: Hier hatte ich als junger Constable meinen Dienst abgerissen.

»Eine letzte Frage noch: Kennen Sie jemanden, mit dem das Paar gesprochen hat, ein paar Worte gewechselt, mit dem es Kontakt aufgenommen hat?«
Der Security Guard sah auf einmal ängstlich aus.
»Sie meinen, wegen ...«, er beendete den Satz nicht.
»Wegen was?«
»Nichts«, sagte er abweisend.
Bei ihm war nichts mehr rauszuholen – es sei denn, ich haute ihm kräftig auf die Fresse.
»Danke«, sagte ich.
»Keine Ursache«, erwiderte er und stützte sein Kinn wieder auf die Hand.
In meinem Zimmer zog ich die Schuhe aus und legte mich aufs Bett, die gefalteten Hände hinter dem Kopf.
Was, zum Henker, sollte das bedeuten: Von Ende August bis Mitte Oktober hatte Mrs. Dexter sich mit dem *Rent-a-Dread* herumgetrieben, und jetzt war sie auf einen *Baldhead* umgestiegen? Oder erlebte ich hier einen Fall von beginnender Polyandrie, eine Frau mit zwei Männern? Was verstand der Wachmann unter einem *Geistesarbeiter*? Vielleicht war der neue Begleiter der Verschwundenen ein Arzt? Und warum zeigte der Security Guard auf einmal Anzeichen von Angst?
Ich mußte gähnen. Schon wieder war ich müde. Da war's das beste, mich noch einmal in das Mineralbad zu begeben, die Müdigkeit intensiver werden zu lassen.
Ein *Geistesarbeite*r mit blauem VW, der eine wenig befahrene Nebenstraße benutzt, dürfte einfach aufzutreiben sein.
Was aber war aus dem Dread geworden? Ich begann, mir Sorgen um Mrs. Dexter zu machen. Dreads meinen es todernst, wenn sie sagen: Ich habe das Sagen. Ich kontrolliere sie!

Wake up, wake up, everybody wake up,
Wake up, wa ... – cock up!
Sister Charmaine

14

Unsere Augen sind Betrüger: Sie sehen, was sie zu sehen gewohnt sind oder sehen wollen.
Ja, jetzt, wo ich es ihnen sagte, erinnerten sie sich, dieselben Zeuginnen und Zeugen, die ich am Vormittag schon einmal befragt hatte: der blaue VW, der Baldhead und – höchstwahrscheinlich – dieselbe Frau, die über Wochen hinweg auf dem Soziussitz der Enduro gesessen hatte, die von einem Dread gefahren wurde.
»Aber letzte Woche hatte sie eine dunkle Sonnenbrille auf«, hieß es als lahme Entschuldigung dafür, daß man es mir nicht erzählt hatte. Eine weiße Frau und ein kurzgeschorener Mann in zerknittertem Anzug: das ist »eben eine undenkbare Kombination«.
Und in einer Kneipe am Ortsausgang in Richtung Ginger Hall schnippte die Wirtin mit den Fingern, strahlte mich an und sagte: »Daß ich das vergessen konnte! Da saß sie doch bei *Teacher Williams* im Wagen ...«
»Teacher Williams?« fragte ich. »An welcher Schule unterrichtet er?«
»Keine Ahnung«, erwiderte die Wirtin. »Ich kenne ihn nur als freischaffenden Agenten für eine Lebensversicherung.«
Sie nannte mir den Namen der großen Gesellschaft. Gymnasiallehrer verdienen nur fünfzig- bis sechzigtausend Jamaika-Dollar im Jahr, da ist es ziemlich üblich, daß sie einen zweiten Beruf ausüben.
 Ich fuhr zur Post. Jetzt wollte ich den Fall so schnell

wie möglich abschließen. Das Postfräulein verriet mir, wo ich ein funktionierendes Telefon finden würde. Dasjenige, das ich am Vormittag benutzt hatte, tat es nicht mehr: Eine Karte verstopfte den Schlitz.

»Gute Nachricht«, rief Donna. Ich stellte sie mir in meinem Büro vor und bekam eine trockene Kehle. »Foster hat nur zwei Anrufe getätigt: Dein Dread, der dafür das Geld von Mrs. Dexter im Beisein der Angestellten der Verleihfirma erhielt, heißt McPherson, Owen Lester McPherson. Geboren am 20. Juli 1966 in Morant Bay, wohnhaft in Danvers Pen.«

»Wo?« fragte ich irritiert.

»Danvers Pen, Saint Thomas. Ja, sag mal, kennst du das nicht? Der Ort ist doch ganz berühmt.«

»Nie gehört«, knurrte ich.

»Wenn du ihn nicht kennst, ist es vielleicht besser, ich komme und helfe dir?« Donnas Stimme war ganz klein. Die Pause, die ich machte, war sehr lang.

»Okay«, sagte ich mit belegter Stimme. »Ich warte auf dich.«

Ich legte auf.

Ich hatte versucht, es zu vermeiden. Aber es war unvermeidbar. Ich mußte nur aufpassen: Wenn's Hündchen zu gierig ist, erstickt es.

Ich sah auf dem Display nach, wieviel Geld noch auf der Telefonkarte war, und rief in Morant Bay auf der Wache an. Aber mein alter Bekannter aus meinen Jahren bei der Jamaica Constabulary Force war – wie zu erwarten – zum x-ten Mal in eine andere Wache versetzt.

»Und wissen Sie auch, wohin?« fragte der Wachhabende und lachte meckernd los. »In die Gegend von Mocho!«

Ich dankte und legte auf. Mocho in St. James ist sprichwörtlich: am Arsch der Welt.

Ich überlegte nicht lange, wer mir behilflich sein könnte, etwas über McPherson herauszubekommen, und rief die Hauptwache in Port Antonio an. Prento war nicht dort; aber nachdem ich etwas über »Beweismittel in einem größeren Drogenfall« gemurmelt hatte, versprach der Diensttuende Beamte, meinen Freund umgehend zu benachrichtigen. Ich hinterließ die Telefonnummer des Kurhotels.

Mein Peugeot, für den ich keinen Platz im Schatten hatte finden können, kam mir wie eine Sauna vor, so daß ich es fast bereute, kein Modell mit Klimaanlage genommen zu haben. Ich öffnete alle Fenster, schob eine Kassette in den Recorder und hielt mich auf der Straße, die entlang des Plantain Garden River nach White Hall führt. Bei einem Blick auf die Karte entdeckte ich, daß ihre Verlängerung nördlich von Seaforth, folgt man ihr nach Westen, nahezu direkt nach ... Danvers Pen führt. Mir kamen die Worte des Postfräuleins wieder in den Sinn, und ich fühlte mich gut wie ein hungriger Fährtenhund, der, die Nase am Boden, der Spur eines Schinkens folgt.

Die Straße führte durch dichten Wald, am Fluß entlang mit seinen Bambushainen und Wasserfällen; und wo er sich verbreiterte und flach wurde, das Ufer kiesbedeckt war, sah ich hier und da Frauen, die ihre Wäsche wuschen und Kleidungsstücke auf abgerundete Felsen schlugen. Die Route war nun wirklich für fast jeden Fahrzeutyp außer Tiefladern befahrbar, wo sie früher nur für ein geländegängiges Motorrad zu bewältigen war; und so war es nur zu natürlich, daß ich an meine frühen Jahre bei der Polizei denken mußte.

I used to be more British
than the real English
But since I find my identity
all the girls love me
Now I say words like ›irie‹
and ›hail stalkie‹.
Lord Laro

15

Als unverheirateter junger Constable bist du der letzte Dreck. Niemand hat Respekt vor dir. Du wirst schlecht bezahlt. Ständig in andere Wachen versetzt. Kaum hast du dich ein wenig eingewöhnt, bist du schon wieder weg. Das schafft Aggressionen. Das *soll* aggressiv machen. Das ist unsere perverse Imitation des *Teile und herrsche!* der ehemaligen britischen Kolonialherren; Soldaten und Bullen dürfen sich *nicht gemein machen* mit den *Eingeborenen.*
Ich litt. Ich hatte keine Chance. Und stellte mich als erster für die Gründung des *Police Youth Club's* zur Verfügung, einer Einrichtung, von schlauen Hirnen an weit entfernten, großen Schreibtischen ersonnen, die »Beziehungen zwischen Polizei und Bevölkerung in den Landgemeinden harmonischer zu gestalten«, und wurde daher für lange, lange Zeit nicht in eine andere Gemeinde überstellt, weil sich kein Freiwilliger auf der Wache fand, meine Nachfolge im Verein anzutreten. Ich organisierte Dominoturniere und Bingonächte, Busreisen zur alljährlichen *Pantomime* in Kingston, ich ließ Ortsschilder malen und aufstellen, in der Weihnachtszeit putzten und strichen wir die Bretterhäuschen von Alten und Siechen im Dorf; ich erfuhr mehr über Machtverhältnisse im Distrikt, konnte mehr Diebstähle aufklären als meine Kollegen, verhaftete unter dramatischen Umständen einen notorischen Vergewaltiger und schlief reihum mit den hübschesten Mädchen des Clubs im Schlafzimmer der Wache, wann immer ich – stets meldete ich

mich freiwillig – Nachtdienst hatte. Ich brauchte dafür nicht einmal Druck auszuüben: Die Mädchen standen Schlange.

Denn ich besaß nach kurzer Zeit ein 500er Motorrad! Das konnte ich mir leisten, weil ich wegen meiner intimen Kenntnisse des Bezirks Druck auf Ganja-bauern und -aufkäufer ausüben konnte. Ich bekam mehr Schmiergeld, als mir dienstrangmäßig zukam.

Vorher war ich – ich sehe noch heute die abschätzig geschürzten Lippen der Mädchen und Frauen vor mir, denen ich vergebens nachgestellt hatte – *a Red-Seam-Bwuoy* oder *a likkle lousy Cop*. Das Motorrad aber gab mir einen Sex-Appeal, von dem Besseraussehende und Besserverdienende in meiner Altersgruppe nur träumen konnten: mit Vollgas, über den Lenker gebeugt, durch Haarnadelkurven donnern, die Arme des Mädchens auf dem Soziussitz um die Brust spüren, ihre Schenkel an den Hüften, ihr erregtes Geschlecht nur durch hauchfeines Gewebe von meiner Haut getrennt, Auskuppeln, Vollgas, Vollbremsung, den Hobel am Lenker hochreißen, drei Zoll vor den Stufen, die in unsere Bar führen, zum Stehen kommen, das Rad aufbocken, steifbeinig in den Raum schreiten, das Objekt der Begierde stolz im Gefolge, zwei Cola ordern und zwei, drei Zigaretten. Ah ja!

Das Motorrad hatte ich Clyde abgekauft, einem fünfundzwanzigjährigen Rent-a-Dread mit Locken bis zum Hintern. Wegen seines guten Aussehens war er der erfolgreichste Kleinunternehmer in der Sexindustrie, den ich bis damals je kennengelernt hatte. »Die weißen Männer können nich ficken«, sagte er stets, auf den Grund seiner Erfolge hin angesprochen, »außerdem saufense zuviel.«

Das aber war nur die Hälfte der Erklärung für den Sextourismus weißer Frauen in die Karibik. Die jungen, oft schönen, schwarzen, breitschultrigen und schmalhüftigen stolzen Jungs, die nicht einmal richtige Rastas waren, bildeten nur die Objekte einer neuen Form der Ausbeutung der Dritten Welt. Diese *edlen Wilden* mit den geschmeidigen Bewegungen, mit ihrer Ablehnung von Lohn- und Landarbeit, ihrem völligen Unverständnis gegenüber dem Geschlechterkampf in entwickelten Länder, ihrem nicht hinterfragten *Machismo* – der aus Schwäche gegenüber der historisch gewachsenen Stärke der Schwarzen Frau in der Karibik geboren war und somit folgerichtig bei dieser nicht die geringste Chance hat – waren für übersättigte und frustrierte, angeschlagene weiße Frauen die Traumbilder von Männern, mit denen man sich nicht auseinanderzusetzen braucht; mit denen man sich auch nicht auseinandersetzen konnte, weil man keine gemeinsame Sprache sprach und völlig verschiedenen Kulturkreisen entstammte; deren unverkrampfter Umgang mit der Sexualität sich *so erfrischend* unterschied von dem der Softies oder Chauvies oder Papagalli der Ersten Welt; die man benutzen konnte, wie Frauen von Männern jahrtausendelang benutzt wurden; die den Bedürfnissen einer kurzen Spanne Urlaubs in einer der schönsten Gegenden der Welt entgegenkamen; die man vergessen oder verlassen konnte, sobald diese Spanne vorbei; die man bezahlte, weil sie arm waren; denen selbstverständlich nicht bewußt war, daß hinter den Dollars, Pfunden, Deutschmarks, Lira, Kronen, Gulden und Francs eine Weltanschauung steckt; die jedoch naiv und romantisch genug waren, jene erotischen Bedürfnisse abzudecken, deren Zerstörung eine der wichtigsten Errungenschaften der Industriellen Revolution und des kapitalistischen oder bürokratischen Puritanismus ist, deren Rudimente aber auch noch in den Zerstörtesten und am meisten Verletzten des *Fortschritts* nachwirken.

Ich hatte Clyde in der alten Villa von Mr. Richard *Lizard* Lawrence in Portland erlebt, die jeden Monat

von einem neuen Schwung blasser Däninnen, Schwedinnen oder Deutscher bevölkert wurde, der dann unter den Dreads aufgeteilt und *vernascht* wurde; Clyde, wie er sich in den Polstern der großen Sitzgarnitur im Wohnzimmer räkelte – »Richtige Sofas, Mann, und 'ne Küche, groß wie die Hütte, in der ich aufgewachsen bin, und 'n Kühlschrank drin, Mann, größer als du selbst und *voll,* Mann, voll bis oben hin!« –, umgeben von seinen Kumpeln, alle bekifft oder besoffen oder beides, wie sie die »weißen Hühnchen« untereinander aufteilten; Clyde, der maulte und eine mollig-fahle Dänin trotz ihrer bis zur Taille reichenden blonden Haare verschmähen wollte, weil sie, statt mit ihm »zu ficken und *fun* zu haben, ständig quatscht, Mann, e-w-i-g, Mann. Alle Sorten von Problemen, wenn du weißt, was ich mein' tu. Ehrlich, Mann, ich hab die Schnauze allmählich voll von dieser Sorte Fotzen. Könnt ich ja ebensogut inner Fabrik jobben gehn!«
Die gepflegte kanadische Endvierzigerin war nun der *fetteste Brocken an seiner Angel*: »Schwerreich, Mann, und geschieden«; er ging mit ihr nach Toronto, wo ihn ein Leben erwarten würde, wie er es sich nicht in seinen schönsten Träumen vorstellen könnte; er ging mit ihr, weil er, wie alle einfachen Jungs vom Lande, die es einmal in ein Ghetto in Kingston verschlagen hatte, einen alten Traum wahrmachen konnte: Raus hier, nichts wie weg! »Die nimmt mich mit, Mann, *mich!* – nicht nur'n Stück Kunstgewerbe, 'ne Kalebasse oder 'ne Hängematte in den Rastafarben!«
Durch Heirat nach Oben, fürs »bloße Dasein und Ficken«; vom Schicksal fürstlich entschädigt für das ständige Herumgeschubstwerden bei verschiedenen Mitgliedern der Familie in St. Thomas und das ständige Leiden im Ghetto der Unterstadt, von wo aus der Weg normalerweise in das *General Penitentiary* oder den *Gun Court* führt.

»Nimm dir den Hobel, Mann! Einwandfreie Maschine, ehrlich, alles, was recht ist. Frag'n Earnie, der beim alten Spence inner Werkstatt jobbt. Der hatse bis heute gewartet. Is nich mal 'n Jahr alt. Hab ich von diesem Hühnchen aus Kalifornien, erinnerst du dich? – diese heiße Möse, wo ständig inner lila Montur rumlief, wenn se nich nackig war. Ach, was red ich, guck se dir an, dreh'n paar Proberunden, und du verknallst dich in diese fünfhundert Kubik!« Und er nannte einen überzogenen Preis.

Ich handelte ihn auf den hier normalen, also immer noch überzogenen herunter. Und besaß etwas, das ich mir schon als kleiner Junge gewünscht hatte: ein Motorrad. Ich hatte mir einen Kindheitstraum erfüllt. Aber das hatte Clyde sich auch. Und ich wurde bald den Verdacht nicht los, daß was falsch in einem System sein muß, in dem die Macht aus den Gewehr- und Pistolenläufen kommt und der Sex-Appeal eines Mannes in der Brieftasche steckt oder im Donnern eines Motorrades mit defektem Auspuff.

Now, that my love is overdue ...
Gregory Isaacs

16

Es war einfach zu einfach.
Ich brauchte Prento nicht einmal zu beauftragen, die Adresse von Teacher Williams bei der Lebensversicherungsgesellschaft, für die er tätig war, *auf dem Amtswege* herauszubekommen. Schon in der dritten Kneipe, in Sunning Hill, sagte man mir, wo er unterrichtete und wo er wohnte.
Er gefiel mir. Er hatte ein breitflächiges, schwarzes Gesicht mit gutem Teint, wache Augen, Hände, die zupacken konnten, einen modischen Kurzhaarschnitt; er lächelte mich mißtrauisch an und hob, wie um Verzeihung heischend, kurz beide Hände.
»Tut mir leid, Brother«, sagte er. »Sie haben Ihre Aufgabe und werden dafür bezahlt. Und ich habe meine, und ich tu's umsonst. Ich geb Ihnen die Adresse nicht.«
»Passen Sie auf«, sagte ich. »Ich kann beweisen, daß ich nicht für den Dread arbeite. Lassen Sie uns kurz den Anwalt, Fred Clarke, in Kingston anrufen – sein Name dürfte Ihnen geläufig sein –, dann red ich kurz mit der Dame, sie geht mit mir und Ihnen zum zuständigen Friedensrichter, Mrs. Dexter unterschreibt einen Wisch, und Sie sehen mich nie wieder.«
»Tut mir leid. Nicht nach den Erfahrungen, die Mrs. Dexter gemacht hat.«
»Was für Erfahrungen? Und mit wem? Dem *Dread*?«
Er sah mich nur an.
»Mit der Familie, insbesondere ihrem Vater?«
 Er runzelte die Stirn.

»Passen Sie auf«, sagte ich schnell, »es geht hier um zehntausend Piepen. US! Wieviel wollen Sie?«
Nun sah er aus, als wollte er mir was aufs Maul geben.
»Dreitausend! Auf die Hand. Das sind sechsundsechzigtausend Jamaican!«
Er stand auf. Ich richtete mich auf eine Prügelei ein.
»Dafür arbeiten Sie ein ganzes Jahr im Schuldienst, Brother«, sagte ich beschwörend.
»Raus!« sagte er nur leise.
Ich stand auf.
»Wir sehn uns«, versprach ich lächelnd.
»Ich hoffe nicht«, erwiderte er gleichmütig.
»Ich kann auch anders«, sagte ich, eine Duftmarke zu setzen. »Ich war sehr, sehr lange Bulle.«
»Und?« fragte er spöttisch. »Ich hab den Schwarzen Gürtel.«
»Wir sehen uns wieder«, wiederholte ich. »Und ich hoffe, dann nicht wie zwei Ziegenböcke, die sich um eine Ziege streiten.«
Er lachte und drehte sich um. Wir beide kannten dies Ballett: Mit dem Stinkstiefel einander zeigen, was man von dem anderen hält.
Es mag sein, daß ich ihn unterschätzt hatte; sicher war, daß er mich unterschätzte.
Ich fuhr diesmal die bessere Straße zurück, die über Seaforth, Morant Bay, Port Morant, Airy Castle.
Der Dread hatte Mrs. Dexter mit nach Danvers Pen genommen. Das schien festzustehen; und Teacher Wiliams, der offensichtlich die Schule schwänzte, versteckte seinen Schützling wohl im Dreieck zwischen Danvers Pen – Morant Bay – Bath. Er war so dumm anzunehmen, dort könnte einer eine weiße Frau vor mir verstecken.
Hinter Potosi, kurz vor Bath, rauschte ein Geländemotorrad an mir vorbei. Im Sattel saß ein Dread. Ich fragte mich, ob es McPherson war. Und ob er noch am Spiel beteiligt war. Ich fürchtete: ja.

Das Essen in der Bude vor dem Markt von Bath war wieder ausgezeichnet. Der Inhaber gehörte zu den wenigen Köchen von Restaurants für Einheimische der niederen Klassen, die Knochen, Sehnen, Fett und Muskeln vom Rindfleisch entfernen, wenn sie es als Pepper Steak zubereiten. Ich lobte ihn. Ein Trinkgeld lehnte er ab: Er sei Selbständiger.

In meinem Zimmer eine Überraschung: Donna lag im Bett und schlief.

Ich hängte meine Jacke in den Schrank, schritt auf Zehenspitzen ins Badezimmer, schnappte mir die Handtücher, schlich zurück, öffnete behutsam die Tür, ließ sie nicht zufallen, sondern schloß leise ab und ging hinunter ins Erdgeschoß, wieder ein Mineralbad zu nehmen.

Das Kurwasser in Bath entspannt nicht nur den Körper, es macht angenehm müde und scheint auch die Gedanken zu verlangsamen. Ich sang leise für mich hin und freute mich auf Donna.

Aber erst einmal wollte ich schlafen. Ich vermutete, daß auch sie ein Bad genommen hatte; es war nicht ihre Art, am frühen Abend, es wurde gerade dunkel, im Bett zu liegen.

Cool down the pace, Sister
Try me one more time.
Gregory Isaacs

17

Als ich aufwachte, sah ich sie neben mir, das Gesicht in den Händen, die Ellbogen auf das Kopfkissen gestützt, mich anschauen. Sie hatte wohl meinen Schlaf bewacht. Das war schön. Aber sie lächelte nicht; sie sah ernst und prüfend drein. Das war neu. Frauen sind rätselhafte Geschöpfe. Ich werde sie nie verstehen lernen. Auntie Mary – als Ersatzmutter – war wohl zu alt gewesen, als sie mich aufzog.
Ich steckte meine Nase in Donnas Achselhöhle: Man muß sich riechen können, bevor man sich liebt. Ihr Eigengeruch war schwach und gut.
Als ich den Kopf hervorzog, sah ich Lachsternchen in ihren Augen. Ich fragte mich, wie ihre *Pum-Pum* roch. Sie wäre ja erst die zweite, die ich mit mehr als nur drei Sinnen wahrnehmen würde. Sicher war ich nur – nach meiner Erfahrung mit Valerie –, daß sie nicht nach *Saltfish* stinken würde, wie mir als kleiner Junge schon eingehämmert worden war. Langsam bewegte ich die Lippen über ihren Körper, knabberte an ihren Flanken, tunkte die Zunge in ihren Nabel, hörte sie leise stöhnen und bemerkte voller Freude, wie ihr Po hippelig wurde und ihr Schoß sich mir entgegenspannte; aber als ich ihn sanft mit der Zungenspitze öffnen wollte, spürte ich, wie sie sich versteifte, und hielt inne. Sie bog sich hoch und zog meinen Kopf kräftig an den Ohren nahe an ihr Gesicht. Ihre Augen waren eng, der Blick war streng. Sie schüttelte den Kopf.
Ich lächelte sie nur an.

Ihr Lächeln erschien sehr langsam. Sie wollte die Kontrolle haben.

»Some people over fourty«, summte sie spöttisch Lovindeers Hit, »dem cyaan wind to vigorously ...«

»So whatever dem loose wid de hips«, nahm ich die Melodie auf, »dem try to make up wid de lips«, und schüttelte den Kopf.

»Es ist nur eine *andere* Art Sex«, sagte ich beschwörend. »Sei nicht so altmodisch!«

»Mach deine Experimente mit mir ein andermal«, versetzte sie hart, »heut will ich das *richtige Ding*!« Und sie rollte sich zur Seite, kam auf mich zu sitzen und ritt mich hart, die Augen weit offen; sie beobachtete mich intensiv. Und da ich wußte, daß dies ein Machtkampf war, den sie, da sie Frau ist und Frauen immer stärker sind, gewinnen mußte, entspannte ich mich, nahm abwesend ihren Rhythmus auf und dachte an etwas anderes: an den Ganjaanbau in St. Thomas, an Alicias Restaurant, an die Amtsräume der Kripo in Port Antonio. Als sie merkte, daß ich ihren Künsten widerstand, setzte sie sich auf die Hacken, lehnte den Oberkörper weit nach hinten, den Druck für mich unerträglich zu machen, und rotierte kontrolliert mit den Hüften, wie es wohl nur schwarzen Frauen möglich ist, die keine Bandscheibe zu haben scheinen und diese Technik als kleine Mädchen lernen, wenn sie älteren Frauen die Bewegungen bei Volkstänzen abschauen, bei Bruckins und Kumina, beim Rumba, Mento und Kalypso. Nun half es mir nicht mehr, daß ich krampfhaft an kühle und kalte Sachen zu denken versuchte: an den Eisberg, der die Titanic versenkte, an Hochseefischen, bei dem ich stundenlang mit einem Blue Marlin kämpfen mußte, und an das kleine Licht im Bauch einer Tiefkühltruhe. Ich merkte nur noch, wie ich den Kopf auf dem Laken hin- und herwarf wie ein sterbender Fisch, weil sie mich, dank barer Routine, in Allmachtsphantasien sandte: den Schwanz tief in den rotierenden Globus gerammt zu haben, einen tanzenden Stern zu zeugen.

Aber das, bekam ich sehr schnell heraus, war nur ihr Vorspiel.

Mit dem instinktsicheren Gespür dafür, wann eines Mannes Lust sich in Schmerz, wann der Schmerz sich wieder in Lust verwandelt, legte sie sich auf mich, preßte ihre Lippen auf meine, ließ ihre Zunge spielen und bewegte die Hüften nur so leicht, daß der kleine Mann wieder hart wurde, rieb ihr Schambein im Reggaerhythmus über meinem Becken, ließ sich und mir viel Zeit, und nur an der zunehmenden Spannung in ihrem Nacken, den ich mit beiden Händen umschlossen hatte, spürte ich, daß sie ihre und meine Lust nicht mehr kontrollierte, sondern ihr nachgab, meine auf eine andere, weichere, zärtlichere Weise zu ermöglichen.

Als ihr Atem an meinem Hals leichter, ihr Herzschlag spürbar langsamer wurde, entspannte sie sich völlig. »Vor genau vierzehn Tagen fing meine Periode an«, flüsterte sie. »Und ich habe die Pille fortgelassen.«

Ich brauchte sehr lange zum Begreifen. Dann schoß ich hoch und legte sie auf den Rücken: Sie lächelte infernalisch.

Ich merkte, wie mein Schwanz urplötzlich schrumpfte.

Das Schweigen zwischen uns dauerte recht lange.

»Ist das auch mit Valerie abgemacht?« fragte ich, so trocken und gemein wie möglich.

»Was?« fragte sie abwesend.

Ich richtete mich auf, ließ die Beine über der Bettkante baumeln und zündete mir mit zitternden Fingern eine Zigarette an.

»Oh«, machte sie dann, richtete sich auf, legte sich auf den Bauch und stützte das Kinn auf die Handflächen. »Du hast in meiner Handtasche gekramt, du ...«, sie sah mich voller Spott an, »du Schnüffler! Du hast aber auch gar keine Manieren.«

»In einer Welt, in der die Weiber sich pausenlos gegen einen verschwören, steht unsereins immer mit dem Rücken zur Wand und muß zu dreckigen Mitteln greifen, einigermaßen über die Runden zu kommen«, erwiderte ich.
»Du Ärmster!« spottete sie und lachte.
Ihr Lachen war ansteckend.
»Und vor kurzem noch«, erzählte ich ihr dann, »hab ich ganz im Ernst daran gedacht, eine komplette gemischte Fußballmannschaft zu zeugen, dazu noch zwei auf der Reservebank.«
Sie kringelte sich vor Lachen.
»Es wird ein Mädchen«, sagte sie dann zärtlich.
»Linke Flügelstürmerin«, verbesserte ich. »Sie wird die schönsten Bananenflanken in den Elfmeterraum schießen!«
»Meinetwegen.«
»Ich werd dich im Büro vermissen,« flüsterte ich, drückte die Zigarette aus und legte mich auf ihren Rücken.
»Nein, nein, komm mal hoch.« Sie legte sich ein Kopfkissen unter die Hüften und zog mich wieder auf sich.
»Ich bin in der Stimmung, Drillinge zu zeugen«, gab ich an und schob *ihn* sanft in sie, umfaßte ihre Hüften und bewegte mich langsam, sie dieses Mal unter meine Kontrolle zu bringen.
Gleichmütig ließ sie es zu und antwortet sehr leicht mit den Hüften.
»Drillinge?« sagte sie abwesend. »Wenn du reinkommst, rechts hinten, hinter dem Blinddarm«, und wieder lachte sie leise. »Drei Jahrhunderte«, fügte sie dann ernst hinzu, »haben uns die Weißen zu Zuchtzwecken mißbraucht, uns auf Küchentischen und hinter Büschen gerammelt, euch als bloße Deckhengste benutzt: Sie brauchten Sklaven, Sklaven, Sklaven! Und jetzt schicken sie Berater aus Washington, Paris, London und Bonn, uns Familienplanung

beizubringen, die Bevölkerungsexplosion einzudämmen ...« Ihre Stimme klang bitter.
»Die wollen die Rasse ausradieren!«
Dann entspannte sie sich, ich spielte mit ihr, sie spielte mit mir, dann spielten wir zusammen; es war schön.
Es wird doch ein Junge, dachte ich kurz vor dem Einschlafen. Sie muß ja nicht in allem recht haben!
Sie würde es aber, wie ich sie kannte.
Kein Wunder, daß die weißen Männer Millionen von ihrer Sorte auf den Scheiterhaufen geschickt haben. Sie stehen zu sehr mit dem Übernatürlichen im Bunde. Oder mit dem Natürlichen. Was weiß ich ...

You can fool some people sometimes
But you can't fol all the people
all the time.
Bob Marley/ Peter Tosh

18

»Vier, Sir?«
»Ja, vier.«
»Sie erwarten Freunde, Sir?«
»Nein, die vier sind für uns zwei«, sagte ich. Von den vier Frühstücksportionen aß ich zweieinhalb, Donna den Rest. Dann informierte ich sie ausführlich über den Stand meiner Ermittlungen und bat sie, mich darüber aufzuklären, was Danvers Pen berühmt machte.
Donna rieb ihre linken Eckzähne mit dem Daumen. »Wenn ich dich richtig verstehe«, begann sie vorsichtig, »haben wir mehrere Fragen zu klären. Warum ist Mrs. Dexter nicht mehr mit dem Dread, McPherson, zusammen? Warum wird sie von Teacher Williams versteckt gehalten? Wird sie überhaupt versteckt – oder ist sie tot? Wen hat der Security Guard mit Williams und Mrs. Dexter gesehen? Wovor hat er Angst?«
Voller Abscheu sah sie auf meine Zigarette und setzte sich ostentativ weiter weg.
»Ich glaube«, fuhr sie langsam fort, »den Schlüssel finden wir in Danvers Pen. Dort wohnt der Dread. Dort hat sie, den Angaben des Postfräuleins nach, eine Zeitlang gewohnt. Und Danvers Pen ist berühmt – oder berüchtigt – als eines der Zentren für *Obeah* in Saint Thomas.«
»Obeah ...«, wiederholte ich.
»Ja.« Donna kam in Fahrt. »Teacher Williams erwähnte dir gegenüber etwas von Mrs. Dexters

schlechten Erfahrungen ... Was ich vermute, ist ..., also ich tippe darauf, nein, nimm es ruhig als Arbeitsthese, daß Mrs. Dexter ihren Lover McPherson – aus welchen Gründen auch immer – verlassen hat, dieser daraufhin einen ihm bekannten Obeah-Mann gegen gutes Geld damit beauftragt hat, ihm Mrs. Dexters Zuneigung wiederzuverschaffen ...«
»Schwarze Magie wirkt nur bei dem, der an sie glaubt«, unterbrach ich sie. »Und ich glaube kaum, daß eine studierte Amerikanerin den Tricks eines Obeah-Mannes erliegen kann.«
»Dann weißt du zu wenig von Obeah«, fauchte Donna.
»Allerdings«, sagte ich scharf.
»Vielleicht ist es Schwarze Magie, die dich vor einigen Stunden in meine Arme getrieben hat?« Die Ironie in ihrer Stimme war unüberhörbar.
»Nein, dein Komplott mit Valerie«, sagte ich böse.
»Welchen Beweis hast du dafür, daß ich nicht zu einem Obeah-Mann gegangen bin und ihm, sagen wir mal, tausend Dollar dafür gegeben habe, es in die Wege zu leiten, daß ich ausgerechnet am fruchtbarsten Tag des Monats deinen Samen, die Ergüsse eines sexuell ausgehungerten Mannes, mit dem ich schon lange Kinder haben wollte ...«
»Kinder? Du?« rief ich.
»Unterbrich mich nicht, Ruffneck!« Aber dann lachte Donna.
»Außer psychischer Beeinflussung aller Art, außer gesundem Menschenverstand und viel Hokuspokus und auch einigem Unerklärlichen verwenden Obeah-Männer, wie du vielleicht wissen wirst, Drogen, Öle, Kräuter und Rindenextrakte, mit denen sie selbst amerikanische Psychologieprofessoren in den Wahnsinn treiben könnten.«
Ich starrte sie lange stumm an und drückte dann heftig meine Zigarette aus.
»Wir knöpfen uns den Security Guard noch einmal

vor«, fuhr Donna kühl fort. »Stimmt meine These, machst du dem Obeah-Mann deine Aufwartung und versuchst, etwas rauszukriegen. Dafür müssen wir uns eine gute Geschichte ausdenken! Und ich versuche unzwischen herauszubekommen, wo Teacher Williams Familie ansässig ist. Denn wo verstecken Leute wie er, ich und du einen Flüchtling oder was auch immer, wenn nicht beim eigenen Clan auf dem Lande?«

»Gut kombiniert, Donna Holmes«, lobte ich voller Ironie.

»Vorher aber, Doktor Watson, nehmen Sie sich noch ein- oder zweimal Holmes sexueller Gelüste an, verstanden?! Ich hätte schon früher kommen sollen, so ab dem zwölften Tag, aber da waren der Herr noch stur.«

Im Wannenbad mit dem Mineralwasser kam ich meiner ärztlichen Pflicht nach und setzte dann in unserem Zimmer die Behandlung fort. So hat Bath, wie von der Empfangschefin vorhergesagt, auch mein Leiden geheilt; und im Bett war es auch, daß Donna mir alles, was ich noch nicht über Obeah wußte, mitteilte.

Kurz nach dem Mittagessen in der Bude am Markt nahm Donna sich den Wachmann vor. Er hielt nicht lange stand: Wenn er nicht auspackte, drohte sie ihm kühl, stünde er wegen Beihilfe zum Mord vor Gericht.

»Sie sind wahnsinnig!« schrie der Mann und wandte sich flehentlich an mich. »Ich hab mit denen doch nichts am Hut. Ich ...«

»Mit wem haben Sie Mrs. Dexter und Teacher Williams gesehen?«

»Mit *Cerasee*«, flüsterte er, nackte Angst in den Augen.

»Dem Obeah-Mann aus Danvers Pen?« Donna blickte mit dem Hab-ich's-dir-nicht-gesagt-Ausdruck zu mir herüber.

»Einem der Obeah-Leute aus der Gegend«, bestätigte der Security Guard.
»Woher kannten Sie ihn?« Donna blieb stur.
Der Mann senkte den Kopf.
»Wegen des Kerls bin ich fast einmal krepiert«, sagte er leise. »Vor vier Jahren etwa ... Ich hatte mir eine weitere Freundin zugelegt, und da ist mein Common Law Wife, meine Baby-Mutter, zu ihm gegangen.« Er blickte auf. »Zweihundert Dollar hat sie ihm gegeben«, sagte er erbittert. »Das war viel Geld damals.«
»Und?«
»Der hat ihr *Tempting Powder* gegeben, und sie ..., sie hat es wohl überdosiert. Drei Wochen hing ich zwischen Leben und Tod.«
»Die Engländer nennen es *Love Potion*«, erläuterte Donna. Sie blickte mir sehr ernst in die Augen. »Ein Gifttrank, die alte Liebe wiederzubeleben und die neue absterben zu lassen. Er soll sogar bei denen wirken, die nicht an Obeah glauben.«
Ich wußte das. Auch mir hatte man ihn beigebracht. Jahre her das. Ich hatte es nicht sonderlich gut verdrängt.
»Und wie kommt es, daß Sie überlebten?« fragte Donna den Wachmann.
Der spürte, daß ihm von uns nichts mehr drohte. »Ich bin aus Saint Mary«, erklärte er. »Da gibt's noch reichlich *Balm Yards*. Ich bin zu einer *Mother* in der Gegend von Castleton gegangen. Die hat mich geheilt.«
»Wenn Sie uns ihren Namen und die Adresse geben, sehen wir von einer Anzeige gegen Sie ab«, führte Donna ihren Bluff zu Ende.
»Mother Hall, kurz vor Scotts Hall. Auf der rechten Seite, wenn Sie vor Castleton die Junction Road verlassen.«
Der Security Guard kratzte sich nervös mit dem linken Handrücken an der rechten Halsseite.
»Lassen Sie die Finger von *Cerasee*«, warnte er ab-

schließend. »Schon viele sollen versucht haben, Obeah gegen den Obeah, den er gesetzt hat, zu setzen, haben *Myal*-Männer bezahlt, sein Obeah aufzuheben. Da sollen schon einige auf ganz komische Weise gestorben sein ...«
Er wandte sich um, hockte sich auf seinen Stuhl in der Nähe des Hoteleingangs und starrte ostentativ über die Schlucht hinweg.
Donna zuckte mit den Schultern.
»Die Geschichte, die du *Cerasee* verkaufst, muß hieb- und stichfest sein, sonst gnade dir Gott«, sagte sie und drehte sich um, zu meinem Wagen zu gehen. »Valerie, die Kinder und ich brauchen dich noch.«
Ich starrte auf ihren sich entfernenden Rücken und ließ ihr Zeit, die Tränen zu bekämpfen, die ihr, der Stimme nach zu urteilen, gekommen waren.

I 've given you the warning
Long before the dawning;
I hope you are prepared:
The Bongo Man is here.
Jimmy Cliff

19

Der Mann sah nicht zum Fürchten aus.
Ich schätzte ihn auf Mitte Sechzig. Er war klein und zierlich, nur seine Hände waren groß und knorrig. Sein dunkler Schädel war glatt rasiert, er glänzte wie gewachst. Tiefe Falten auf der Stirn, die Brauen grauweiß und buschig, die Augen lagen tief in ihren Höhlen und wirkten wie Kohlen. Die Nase war sehr flach, sie sah aus, wie von einem Boxhieb gebrochen, ihr Ende sehr breit, weiße Haare wucherten aus den Nasenlöchern; sein Mund recht klein und wie verkniffen.
Er trug ein kragenloses, dunkelblaues Hemd; die schwarze Hose, sorgfältig gebügelt, wurde von einem breiten, brauen Ledergürtel gehalten, die gehämmerte Schnalle glänzte messingfarben. Dunkle Socken, schwarze, bequeme Slipper.
Ich kannte den Typus. Er hat mir zeitlebens Angst eingeflößt: Er lacht und lächelt nicht.
Und dieser kurze, scharfe Blick, bevor er die Tür hinter uns schloß: Er wollte sicher sein, daß sich niemand außer uns in seinem Yard befand. Er bot mir einen Sessel an und ließ sich auf einem hohen, geschnitzten Stuhl nieder, dessen Rückenlehne über seinen Kopf ragte.
Er befand sich im Halbdunkel, ich mich im Licht. Der alte Trick. Während ich erzählte, behielt er mich, sehr gelassen wirkend, stets im Auge. Er stellte kaum Fragen. So fühlte man sich bemüßigt, ins Detail zu gehen. So bekam er mehr heraus.

Ich erzählte ihm die Geschichte, die ich mit Donna sorgfältig ausgearbeitet hatte:
Mrs. Dexter und ich hatten uns in den Staaten kennen- und liebengelernt. Wir hatten vor zu heiraten. Mich zu überraschen, war sie auf den *Felsen* geflogen und in einem Hotel in Negril abgestiegen. Kurz bevor ich sie abholen konnte, sie meinen Eltern vorzustellen, war sie mit einem Dread aus St. Thomas verschwunden. Eine in Bath aufgegebene Karte informierte mich davon, daß sie die Verlobung als aufgehoben betrachtete. Ich könnte es nicht glauben. Sie wäre nicht der Typ, sich mit Rent-a-Dreads abzugeben. Sie wäre sexuell sehr mit mir zufrieden gewesen. Ich könnte jede Frau zum Jaulen bringen. Ich hätte eine Siebenzollschwanz und könnte dies immer länger als eine halbe Stunde. Ich vermutete, daß der Dread sie unter Drogen gesetzt, ihr halluzinogene Pilze verabreicht hätte. Deren Verzehr wäre ja in Negril recht gebräuchlich. Ich machte mir Sorgen um sie.
Ich blickte ihn flehentlich an.
Wir schwiegen sehr lange.
»Warum kommen Sie zu mir?« fragte der Obeah-Mann schließlich.
»Ein Mann ... Ein Security Guard in Bath sagte mir, äh, erzählte mir, daß ...« Ich hoffte, meine Schauspielerei wirkte nicht zu dick auf ihn.
»Ja?«
»Jetzt blicke ich überhaupt nicht mehr durch«, flüsterte ich, senkte den Kopf und bedeckte das Gesicht mit den Händen.
Er sagte nichts. Er wartete.
Ich schluckte.
»Sie sind mit Silvia und ... einem Baldhead in Bath, vor dem Hotel, gesehen worden«, schloß ich, »und ich weiß nicht, was ich davon halten soll. Wo ist der Dread abgeblieben? Warum kommt sie nicht zurück zu mir? Wer ist der Kerl, der ...?«

Ich hatte mich so hineingesteigert, daß mir Tränen in die Augen stiegen.
Er kniff die Augen zusammen.
Es war still.
»Ich glaube Ihnen kein Wort«, sagte er nach einer Weile.
»Ich geben Ihnen zweitausend, wenn Sie es schaffen, daß sie zu mir zurückkommt«, flehte ich. »Und wenn wir geheiratet haben ...«
Er schien, wie ich, die Dollarzeichen der *Greenbacks* vorüberziehen zu sehen, dahinsegelnden Wölkchen gleich an einem heiteren Tag im März. Er strich sich mit dem Handrücken über das Kinn und blickte mich, den Kopf schräg haltend, von unten her an.
»Ein studierter Mann wie Sie geht nicht zu einem simplen Landmann wie mir ...«
»Shit!« sagte ich grob. »Soll ich zu den Bullen laufen? Zu einem Hirnklempner? Silvia an den Haaren zu einem Dachdecker schleppen? *Science* ist das einzige, was helfen kann, wenn sie Pilze geschluckt und unsere gemeinsamen, schönen Tage vergessen hat.«
»Und der Dread?« flüsterte er.
»Arrangieren Sie ein Treffen, und geben Sie ihm etwas, das ihn so acht, zehn Tage impotent macht!« sagte ich arrogant.
»Das soll ich tun können?« staunte er, Hohn in der Stimme.
»Sie können alles.«
»Ja, manchmal, wenn die Menschen *glauben*«, sagte er leise, wie zu sich selbst, die Betonung auf dem letzten Wort.
Glaubte ich nicht oder wäre geplagt von Zweifeln, würde ich nun zu einer beteuernden Tirade ansetzen, wußte ich und wußte, daß er es wußte. So dehnte sich unser Schweigen erneut.
»Und der Baldhead?« fragte er schließlich.
Ich hatte gewonnen.
»Ihr Problem.«

»Viertausend Jamaican«, sagte er wie im Trance. »Und zehntausend US nach der Hochzeit.« Er streckte die Hand aus.

Ich wippte mit dem Fuß.

»Wie kann ich Ihnen trauen?« Die Frage war rhetorisch. »Ich kenne Sie überhaupt nicht.«

»Und wenn es vorbei ist, haben Sie mich vergessen«, flüsterte er, und es war, als flögen Engel durch den Raum. »Tausend Anzahlung!«

Der Mann verstand sein Handwerk.

Ich langte in die Brusttasche und zog eine Rolle *Concordes* hervor. Ich zählte ab und gab ihm zehn. Er wirkte völlig entspannt. Er hatte gesehen, daß nur drei Scheine übriggeblieben waren, die ich in einige kleineren Wertes rollte und sorgsam wegsteckte.

Ich stand auf und ging, nachdem wir einen Tag und den Treffpunkt ausgemacht hatten.

Vor der Haustür war es sehr hell. Ich setzte meine Sonnenbrille auf, kletterte den Abhang des Hügels hoch, in dessen tief gekerbtem Tal sich *Cerasees* Hof befand, und verschwand aus seinem Blickfeld. Ich hatte seinen Blick wie Nadeln auf meinem Rücken verspürt.

Ich fuhr in Danvers Pen herum. Der Ort war klein, er hatte weder Polizei-, noch Feuerwache. Die Leute hier bauten Yams, Broad Beans und, da und dort, Bananen an. Einige Farmer hielten Kühe. Sie werden einen Vertrag mit der Serge Island Meierei gehabt haben, an der ich vorbeigekommen war. In einem Wohnviertel namens Baswell Run befand sich ein Gemeindezentrum, ein Schild wies den Weg zur *Prospect Primary School.* Als ich auf den Tachometer blickte, sah ich, daß die Ortschaft, zwischen der Negro River-Brücke und der Kreuzung gelegen, drei Meilen im Durchmesser maß; die Felder lagen in Vierteln, die sich hochtrabend Petersfield und Buckingham nannten. Dies erfuhr ich von einigen jener jungen und alten Arbeitslosen, die große Teile des Tages in Bars verbringen und sich nicht einmal eine Limonade leisten können. Für einige Biere erzählten sie mir alles Wissenswerte über Danvers Pen. Ein hübsch gelegenes Kaff am Ende der Welt, von dem Donna behauptet hatte, es sei *doch ganz berühmt*. Und nur wegen solcher Leute wie *Cerasee*, den ich eben erst kurz kennen- und fürchtengelernt hatte.

all oppression can do is bring
passion to de heights of eruption
an songs of fire we will sing.
Linton Kwesi Johnson

20

»Hat er angebissen?« fragte Donna aufgeregt.
Ich nickte.
Sie warf die rechte Hand nach vorn und ließ die Finger schnackeln.
»Hast du das mit dem *Siebenzollding* erwähnt und das mit dem *Jaulen* und der *halben Stunde*?«
Sie grinste.
Ich nickte.
»Ja, das klang bestimmt echt«, sagte sie spöttisch. »So versuchen die *Dons* in den Dance Halls immer, mich anzumachen.«
Die Pause zwischen uns wurde lang.
»Hast du einen Plan?« fragte sie, nun sehr ängstlich.
Ich nickte.
»Und?«
»Erinnerst du dich an die brennenden Ölbrunnen in Kuwait?«
Sie zog die Brauen zusammen.
»Was hat das denn damit zu tun?«
»Sehr viel«, erwiderte ich. »Weißt du, womit die meisten gelöscht wurden?«
»Nein.«
»Mit Dynamit!«
»Ich verstehe noch immer nicht ...«
»Feuer bekämpfst du mit einem größeren Feuer«, sagte ich, Triumph in der Stimme.
»Ganz egal, wie besoffen die Kakerlake ist – sie sollte nie offen über einen Hühnenhof spazieren.«
 Donnas Stimme klang sehr klein und ängstlich.

»Und du?« fragte ich, sie abzulenken.
»*Bingo!*« rief sie.
»Hast du sie gesehen?«
»Nein. Sie war gerade weg – unterwegs zu einer *Mother*, zu einem Balm Yard in der Nähe von Water Valley ...«
»Genau, wie du vermutest hast«, unterbrach ich sie. »*Cerasee* hat sie im Auftrag des Dreads verrückt gemacht oder ihr Erinnerungsvermögen ausgeschaltet, und Teacher Williams hat sie ...«
»Nein, seine Tante«, warf Donna ein.
»Seine Tante schickt sie zum Kurieren zu einer *Mother*. Wie hast du übrigens ihre Adresse rausgekriegt?« fragte ich.
»Ganz einfach«, erwiderte Donna. »Statt in einem Taxi die ganze Gegend abzuklappern und – mit ihrem Bild bewaffnet – in allen Yards nachzufragen, habe ich in Teacher Williams Schule angerufen, mich als seine Cousine aus Trelawny ausgegeben und der Rektorin klargemacht, ich wäre zutiefst besorgt: Hätte von seiner Krankheit erfahren, ihn aber nicht in seinem Yard angetroffen, dann von Nachbarn gehört, ein Taxi hätte ihn in halbbewußtlosem Zustand weggebracht ... Tja, und seine Vorgesetzte war nur zu verständnisvoll, hat in seiner Akte nachgesehen und mir dann die Adresse der Tanten in Water Valley gegeben. Eine von ihnen, Miss Duncan, hat ihn aufgezogen ...«
»Hast du Teacher Williams dort gesehen?« fragte ich ungeduldig.
»Nein, aber er kommt heut abend hin und bleibt die nächsten Tage.«
»Gut«, sagte ich schnell. »Nun brauchen wir nur noch den Dread.«
Donna grinste.
»Schon erledigt«, meinte sie. »Ich habe das bestellte Taxi nach Danvers Pen geschickt und ihn zum besagten Termin hierher eingeladen.«

Ich blickte mich um: Der Speisesaal war voll, und an jedem Tisch saßen lautstarke Kingstonians. Sie verbrachten ihr Wochenende in diesem Kurhotel und würden spätestens in der Nacht vom Sonntag zum Montag verschwunden sein.
Ich zündete mir eine Zigarette an und überdachte noch einmal meinen Plan. Ich kam damit aber nicht zu Ende: Der Lärm war zu groß.
Fast alle Gespräche kreisten um die drei in einer Polizeiwache in der Hauptstadt umgekommenen Jungs aus dem Ghetto: Sie verfügten über keine luftige Veranda oder ein geräumiges, gemütliches Wohnzimmer, wo sie sich hätten treffen können wie Gleichaltrige aus der Oberstadt. Die Straßenecke in der Slumgegend war ihr Kommunikations- und Gemeindezentrum oder ein Brückenmäuerchen über einem der riesigen Abwässerkanäle der Metropole ihr Sofa.
Das machte sie verdächtig. Wie von Prento mir gegenüber besorgt geäußert, waren sie der *Bodensatz der Gesellschaft*, der bei Razzien – etwa im Rahmen der *Operation Ardent* – komplett *abgeschöpft* wird: In Massen verhaftet, auf Armee- oder Polizeilastwagen verfrachtet, auf eine der Wachen gebracht, die zu wenig Personal haben, ihre Fälle zu bearbeiten, Verdachtsgründen nachzugehen und die vorläufig Festgenommenen innerhalb der gesetzlich vorgeschriebenen Frist dem zuständigen Richter vorzustellen.
Hier hatte man nun siebenundfünfzig Männer willkürlich festgenommen und in drei Zellen gesperrt. Die drei Zellen waren für je maximal acht Leute vorgesehen. Jeweils ein winziges Fenster befand sich in der Decke unter dem Wellblech, und als ein pflichtbewußter Beamter dem zuständigen Ministerium mitgeteilt hatte, daß die Zellen nicht genügend Licht und Luft bekämen, hatte dieses einen Arbeiter mit einem Schlagbohrer vorbeigeschickt, einige kleine-

re Luftlöcher in die eisenverstärkte Tür zu bohren.
In eine der Zellen waren über Nacht neunzehn Männer gequetscht worden. Sie lärmten: Sie brauchten Luft, Wasser, Essen.
Über ihnen in der Wache spielten die wenigen diensttuenden Beamten Domino.
Am nächsten Morgen lagen drei junge Männer auf dem Boden und der einzigen Betonpritsche. Sie waren tot. Erstickt.
Mir war schlecht.
Ich stand auf und winkte Donna, mir zu folgen.
In dieser Nacht schliefen wir nicht miteinander. Wir streichelten uns nur. Obwohl Donna es nicht wollte, sackte sie urplötzlich weg und in ihre Träume. Die waren offenbar schlecht. Ich mußte sie fortstreicheln. Schließlich wurde sie ruhiger. Ich nahm meinen rechten Arm unter ihrem Nacken fort und rauchte im Dunkeln Kette. Kurz bevor ich wegdöste, löschte ich die Kippe sorgfältig, legte mich auf den Rücken und versuchte, den mich bedrängenden Schlaf in einen sehr tiefen, traumlosen zu verwandeln, indem ich einige Übungen autogenen Trainings machte.
Am nächsten Morgen wachten wir beide gutausgeruht auf: Sie und ich, ihr Schlaf und meiner, ihre Angst und mein Kalkül hatten sich in der Waage gehalten.

fracticide is only de firs' phase
with brother fightin' brother
stabbin' brother:
Linto Kwesi Johnson

21

Teacher Williams war nicht sonderlich erfreut, mich so schnell wiederzusehen, durch seine Tante aber auf Donna und mich vorbereitet.

»Hätte nicht gedacht, daß Sie so gut sind, Brother«, gab er zu. »So im nachhinein gesehen, hätte ich Ihr Angebot doch annehmen sollen.«

Ich sah ihn stumm an und grinste.

»Ich hab da so'n Projekt«, fuhr er verlegen fort. »Tomaten.«

»Tomaten?«

»Ich hab Bodenproben nehmen lassen und als Pilotprojekt erst mal zwei Acres Tomaten gepflanzt. Die wurden *so* groß.« Er zeigte es mit der Hand. »Und ohne chemische Düngemittel!«

»Und jetzt suchen Sie Abnehmer?«

»Grace Kennedy oder Geddes Grant oder Seprod«, erklärte er, ganz Feuer und Flamme.

»Lassen Sie sich bloß nicht so einen Knebelvertrag aufs Auge drücken, Bruder«, sagte ich. »Drei Abnehmer! Mindestens. Und eine Garantie – mit einer Klausel, die Ihnen auch Geld bringt, wenn die vertragsbrüchig werden –, daß Ihre Partner die Ware vom Herstellungsort abholen. Sie wissen ja, was Ihren Kollegen hier hinter Yallahs passiert ist ...«

»Kein Mensch hat wissen können, daß sich die Regierungen 'nen Dreck drum scheren, die zu den Anbaugebieten führenden Nebenstraßen in Schuß zu halten«, grollte Williams.

 »Blödsinn!« widersprach ich. »Ihr in Saint Thomas

wählt traditionell JLP. Die tut nix für euch. Klar. Denn ihr seid ihr sicher. Und die PNP macht nix für euch, weil ihr eh, stur wie die Ochsen, JLP wählt ...«
»*Raatid!*« sagte Williams. »Da is' was dran.«
»Lassen wir das!« fuhr ich ihn an. »Hier geht's um mehr als Tomaten. Jetzt geht's um nicht mehr und nicht weniger als um Mrs. Dexters und Ihre Haut.«
»Backside!« Williams lachte. »Der Dread? Der Deckhengst? Den erledige ich mit links.«
»Ja, den vielleicht, aber nicht den Obeah-Mann!«
»*Cerasee*?« Williams wirkte auf einmal unsicher.
»Ja, der. Ich hab mit ihm gesprochen. Der Fall ist noch nicht zu Ende«, sagte ich scharf. »Theoretisch könnte ich ihn heut abgeben und meine Piepen kassieren. Aber jetzt hängen zwei Leben dran ...«
Ich pausierte.
»Kennt er Ihre Adresse?«
Williams schüttelte den Kopf.
»Also *noch nicht*«, sagte ich betont und wiederholte: »Nun hängen mindestens zwei Leben dran – und etwas aus der Portokasse, für Ihre Tomaten meinethalben, wenn ... Sie mir helfen, Mrs. Dexters und Ihr Leben zu retten und den Fall auf diese Weise zum Abschluß zu bringen.«
Williams starrte mich an.
»Warum machen Sie das?« wollte er wissen. »Warum hol'n Sie jetzt nicht den Friedensrichter, lassen Silvia den Wisch unterschreiben und melden Ihrem Anwalt den Vollzug der Kommandosache?«
»Ganz einfach, Bruder«, sagte ich. »Sie gefallen mir. Ich hab in meiner ganzen Laufbahn noch keinen Burschen mit nichts auf der Naht getroffen, der dreitausend US-Dollar für eine poplige Auskunft ausgeschlagen hat. Da wär's doch schade, wenn ein Angehöriger dieser aussterbenden Art vergiftet würde.«
»Vergiftet?«
Teacher Williams schluckte und versuchte zu lachen.
»Ganz im Vertrauen, Bruder«, sagte er nach einer

Weile leise, »ich handele nicht ganz uneigennützig: Ich ... ich hab mich in Silvia verknallt.«
»Laaaawd!« sagte ich spöttisch. »In den Fußstapfen des Dreads?«
Er sah mich abweisend an.
»Ich glaub, wir werden uns doch noch prügeln müssen«, sagte er dann leise, »wenn das alles hier vorbei ist.«
»Leuten mit 'nem Schwarzen Gürtel«, erwiderte ich kalt, »tret ich grundsätzlich nur mit einer Knarre gegenüber.«
»Feigling!« grollte Teacher Williams und spuckte auf die Erde.
»Mit dieser Feigheit hab ich immerhin das biblische Alter von achtunddreißig Jahren erreicht«, versetzte ich.
»So alt wird kein Schwein.«
»Feigling!« wiederholte er, diesmal heftiger, und spuckte erneut.
Der Vergleich mit dem Dread mußte ihm an die Nieren gegangen sein; und ich wußte nur zu gut, wie wohl es tut, sich dann die Gesundheit zu bewahren, indem man sich ordentlich prügelt.
»Was ist denn hier los?« erscholl hinter mir eine tiefe, weibliche Stimme.
Ich fuhr herum.
»Kabbelei auf dem Schulhof?« fragte die dicke, ältere Frau, die hinter mir stand. Sie sah mich überaus spöttisch an. Sie hatte ein großes, schwarzes, pfannkuchenrundes Gesicht mit einer flachen Nase, trug ein rotgepunktetes Kopftuch und ein langes, ausgewaschenes rotes Kleid, war so fett, daß die mächtigen Arme vom Leib abstanden, und ihre großen Füße steckten in rotgepunkteten Pantoffeln.
»Äh, das ist Mister Fraser, Auntie Betty«, sagte Teacher Williams verlegen. Er wirkte nun wirklich wie ein Schuljunge.
 »Guten Morgen, Mister Fraser«, Tantchen lachte

und schüttelte sich, daß ihr riesiger Busen auf und ab schwappte. »Miss Donna hat mir eben von Ihnen erzählt.«
Sie hörte auf zu lachen und sah mich scharf an.
»Wo sind Sie her, Fraser?« fragte sie streng.
»Windsor Forest, Portland«, sagte ich pflichtschuldig und fühlte mich auch ganz klein.
»Windsor Forest!« Ein Lächeln, strahlend wie die Sonne, überzog ihr Gesicht. Sie trat rasch und leichtfüßig auf mich zu, umarmte mich und drückte mich so fest an ihren massigen Körper, daß mir die Luft ausging.
»Ich bin eine geborene Duncan«, sagte sie dann, ließ die Arme fallen und schubste mich mit dem Bauch auf gehörigen Abstand.
»Ja und?« stammelte ich.
»Aus Islington!« Die tektonischen Nachbeben von Busen und Bauch ebbten ab. Plötzlich hörte ich wieder die Brise in den Zweigen der Bäume. Enttäuscht wandte Tantchen sich ab.
»Orell«, sagte sie zu Teacher Williams, »das muß dem notorischen Bedhopper Francis Fraser sein Zweitältester sein.«
Teacher Williams reagierte so wenig wie ich.
»Deines Vaters älteste Schwester mütterlicherseits ist meine Cousine ersten Grades!« brüllte Auntie Betty mich an.
»Ach du Scheiße«, fluchte Orell Williams leise. »Dann sind wir ja verwandt ...!«
»Brother!« sagte ich ironisch.
Wohin man auch immer kam, überall traf man auf Verwandte: Der Schoß der Familie ist groß wie das Erdenrund. Was war Orell dann? Mein Cousin fünften Grades? Oder achten? Egal. Das änderte alles.

Obeah pain hot, oh!
Me wi' pull he, oh ...!
Lord, we come fe pull he, oh.
Ah no we put he, oh!
Myalist Song (um 1842)

22

Es dürfte das erste Mal gewesen sein, daß in das Haus eines Obeah-Mannes eingebrochen wurde, *in dem Wissen, daß dies das Haus eines Obeah-Mannes war.* Das wagt kein jamaikanischer Dieb, kein Einbrecher, kein Räuber, selbst wenn er bis an die Zähne bewaffnet ist.

Wir hatten zwei Taxifahrer unter dem Siegel der Verschwiegenheit – und nichts versiegelt besser als *Greenbacks* – nach Danvers Pen geschickt und *Cerasee* einander widersprechende Nachrichten von McPherson und Teacher Williams ausrichten lassen. Wir waren uns sicher, daß er zunächst versuchen würde, sich mit dem Dread in Verbindung zu setzen – der aber war nicht da, von uns schon woandershin gelockt –, um dann ein Taxi zu ordern und zu Orell Williams zu fahren.

Unsere beiden Taxifahrer lehnten es ab, ihn zu chauffieren, lagen für uns aber auf der Lauer, herauszubekommen, wann *Cerasee* Danvers Pen verlassen hatte und in welcher Richtung.

Cousin Orell und ich befanden uns, den Peugeot gut versteckt, in der Nähe der Brücke, die über den Negro River führt.

Eine Stunde, nachdem wir die beiden Fahrer instruiert hatten, sahen wir ein altes Sammeltaxi den Fluß überqueren, gefolgt von einem blauen Lada, der vor der Brücke anhielt, zurücksetzte und die Straße in Richtung Coley nahm.

 Wir traten aus den Büschen und winkten ihm zu.

Der Fahrer kurbelte die Scheibe herunter und erstattete Bericht. Zwei Minuten später erblickten wir den alten Toyota, der fast nur noch von Rostschutzfarbe zusammengehalten wurde, und wußten, daß unser zweiter Mann auftragsgemäß *Cerasee* folgte. Ich öffnete das Geheimfach unter dem Armaturenbrett und nahm die beiden Knarren heraus.
Cousin Orell bekam große Augen.
»Bist du wahnsinnig geworden?« fragte er.
Ich überprüfte die Trommel des Smith & Wesson und drückte ihm den Revolver in die Hand.
Unser Taxifahrer wurde grau um die Nase: Er hatte wohl, wie ich, die Artikel über den Fünftberüchtigsten auf der Liste der *Most Wanted Men* gelesen, der sich darauf spezialisiert hatte, Taxifahrer umzulegen.
Ich steckte meine Firebird in den Gürtel und zog das Hemd aus der Hose, die Beule zu verdecken, wies Orell an, dasselbe zu tun, und hatte Mühe, den Eigner des Ladas zu beruhigen. Er bekam den Rest des Geldes und den überflüssigen Rat, nichts gesehen und gehört zu haben; er warf den ersten Gang ein, gab zuviel Gas, ließ die Kupplung kommen und fuhr blitzartig an, wobei die Hinterräder reichlich Kies aufwirbelten.
»Ich bin doch kein *Police-Informer!*« rief er noch in beleidigtem Tonfall.
Ich lachte.
Orell lachte nicht. Er sah mich fragend an.
»Nur für den Fall, daß *Cerasee* überraschenderweise zu früh zurückkommt!« sagte ich beschwörend. »Faß ihn nicht an! Auch wenn du zehn Schwarze Gürtel hast. Ziel mit beiden Händen und schieß ihm aus fünf Schritt Entfernung zwei, drei Kugeln in den Oberschenkel! Hast du kapiert?«
Er nickte. Von nun an hatte ich das Sagen.
Sechs Minuten später kletterte ich den Ziegenpfad des Hügels hinunter, in dessen Tal sich *Cerasees*

Haus befindet. Den Peugeot hatten wir versteckt, und Cousin Orell lag, den Revolver in beiden Händen, hinter dem dichten Gebüsch, das den Zugang zum Abstieg schirmte.
Ich trug hauchdünne Latexhandschuhe, eine große Schirmmütze, die mein Haar völlig bedeckte, und einen kleinen Mundschutz am Gummiband, wie ihn Spritzlackierer bei der Arbeit zu tragen pflegen. Der Tag war nicht sonderlich heiß. Der Pfad, den ich hinabstieg, lag im Schatten des Hügels. Der Schweiß, der mir die ganze Zeit Stirn, Hals, Nacken und Brust hinunterlief, muß wohl Angstschweiß gewesen sein.
Ich habe keine Angst vor dem Übernatürlichen. Selbstverständlich nicht. Ich doch nicht! Aber ich habe manchmal Angst vor dem Natürlichen. Vor Extrakten gewisser Kräuter, Früchte, Beeren und Wurzeln, zum Beispiel.
Uncle Albert ist achtundsechzig und fit wie kaum ein anderer Mann seines Alters, den ich kenne. Er trinkt jeden Morgen ein großes Glas *Roots*, mit Dragon Stout und kondensierter Milch gemischt. *Roots* ist ein Tonikum aus gewissen Wurzeln und Rinden. Auch etwas – grünes, also nicht turnendes – Ganja ist in dem Gebräu, das erst gut ist und wirkt, wenn die Fermentation eingesetzt hat, die den Korken aus der Flasche treiben kann.
Obeah-Männer kennen diese Kräuter, Wurzeln, Früchte, Beeren und Rindenarten. Und einige mehr! Einige, die dich blind machen können oder taub oder stumm; einige, die dich in den Wahnsinn treiben, ins ewige Vergessen, dich in ein Stück Gemüse mit dem Aussehen eines Menschen verwandeln können; einige, die nur inhaliert wirken, andere, die du trinken mußt, einige, die starke Konktaktgifte sind; einige, die dich fällen können wie der Blitz, andere, die dich zunächst kränkeln, dann siech werden, schließlich mit Symptomen sterben lassen, die dei-

nem Arzt, dann dem Spezialisten, zu dem er dich schickt, und schließlich dem Obduzenten, der die Leichenschau durchführt, unbekannt sind.
Die modernen Pharmakonzerne wären gewiß gut beraten, sich des Wissens zu bedienen, das Kräuterdoktoren, Zauberer, Schamanen, Obeah-Leute und Myal-Männer auf allen Kontinenten der Erde bewahrt haben.
Sie tun es nicht: Sie ziehen es vor, gewisse Mittel synthetisch herzustellen und uns und den ganzen Globus zu vergiften.
Nun lag *Cerasees* Haus vor mir. Es barg keine Geheimnisse. Ich schlich um es herum. Hinter der verräucherten Außenküche aus Bambus, mit Wellblech gedeckt, befand sich ein Kräutergarten. Durch diesen führte ein schmaler Pfad in den baumbestandenen, dunklen Teil des Yards.
Und dann sah ich die Behandlungshütte!
Eine saubere, unscheinbare Bretterbude mit großer Veranda, das spitze, hohe Dach riedgedeckt, die Tür aus massivem Zedernholz durch zwei große Vorhängeschlösser gesichert, die beiden einzigen Fenster durch Hurrikanläden.
An einem der Balken, die über der Veranda des Häuschens das Vordach trugen, hing erwartungsgemäß das *Obi*, ein Säckchen mit Hahnenblut, Federn, Alligator- und Hundezähnen, Flaschensplittern, Friedhofserde und Rum.
Ich suchte nach einem Knüppel, fand schließlich eine Bambusstange, die dazu diente, die Wäscheleine hochzuhalten, kletterte vorsichtig über das Mäuerchen, das die Veranda umgab, und schlug das *Obi* herunter. Es landete mit einem dumpfen Geräusch auf der obersten Stufe des Treppchens.
Ich zerschlug es mit der Stange, sorgfältig darauf bedacht, daß nicht eines seiner Ingredienzen mich berühren konnte, kippte Kerosin, das ich in einem Flachmann bei mir trug, über das schmutzige kleine

Häufchen, und nahm einen der Fensterläden in Augenschein.

Das Holz war stabil, die innere Verriegelung nicht: Innerhalb von einer Minute hatte ich den Laden mit einem Kuhfuß aufgebrochen und blickte in das Innere des Hauses. Nichts rührte sich. Ich setzte mich rücklings auf den Sims, sah mich noch einmal um, schwang die Beine herum und landete im Inneren des Häuschens. Es war dunkel. Ich öffnete den anderen Fensterladen, kletterte über den Sims, blickte wieder nach draußen. Nichts. Mein Herz begann, langsamer zu schlagen.

Die Vorhängeschlösser an der Außenseite der Tür waren stabil, die Leisten, welche die Laschen der Verriegelung trugen, nicht: Ich hebelte sie im Nu ab, dicke Nägel knischten im Holz, dann schwang die Tür nach außen.

Nun gab es kein Dunkel mehr im Haus.

Ein polierter Zedernholztisch in der Mitte des Raumes, sieben kleine, geschnitzte Stühlchen um ihn herum, der Boden mit gewachsten Kiefernholzdielen bedeckt; ein rohgezimmertes Regal an der Ostseite des Magierhäuschens enthielt Gläser, Flaschen mit dunklem Inhalt, mehrere Fläschchen mit Aufklebern, welche die seltsamsten Aufschriften trugen, darunter: Made in USA, wohl die berühmt-berüchtigten Obeah-Öle, auf den unteren Brettern eine Kollektion von Wurzeln, Rinden und vertrockneten Kräutern.

So schnell ich konnte, aber mit der gebotenen Vorsicht, packte ich alles, was sich in dem Regal befand, in meinen Rucksack, stürzte dann den Tisch um, warf die Stühlchen durch die Tür auf die Veranda und in die Gartenbeete, schritt zur Tür und blieb plötzlich stehen.

Ich lachte.

Ich lachte wie ein Hysteriker: Es war alles so einfach. Und dann sah ich mir die Dielen an der Stelle

besonders gut an, wo der Tisch gestanden hatte. Ich hatte recht. Ich hebelte die kleine Falltür auf, die nur zu sehen war, weil eine ihrer Kanten in dem Sonnenlicht, das nun die Hütte erfüllte, einen winzigen Schatten warf: Aber hier war kein Zauber versteckt.
Hier war etwas verborgen, das – leider – die meisten Menschen verzaubert, aber nichts Zauberhaftes an sich hat: Geld! Viel Geld. Einige Stapel *Concorde*s – als Cousin Orell später nachzählte, stellte sich heraus, daß *Cerasee* hier und nicht auf der Bank dreiundvierzigtausend Jamaika-Dollar angelegt hatte – und zweitausendeinhundertundacht US! Die nüchterne Magie des häßlichen Geldes mit der grünen Rückseite hatte den schwarzen Magier, den Mann der schwarzen Magie, wohl überwältigt.
Nun verzog sich der Zauber.
Ich warf ein Streichholz auf die kerosingetränkten Überreste des faulriechenden *Obi* und achtete darauf, daß das Feuer nicht auf die Verandadielen übergriff.
Der Pfad von der Obeah-Hütte zu *Cerasees* Haus war bestimmt mit *Burn Wangla* besprenkelt, dem Samen der Burning-Wanglo-Pflanze, der, mit Pfeffer und Salz bestreut, verbrannt und auf den Weg gestreut wird, den ein mutmaßlicher Dieb nehmen muß.
Dieses Mittel soll, glaubte ich Auntie Mary's Aussagen in meiner Kindheit, den Missetäter sogar dazu veranlassen, in der Nacht das gestohlene Gut an den Ort zurückzubringen, wo es herstammte.
Ich trug festes Schuhwerk mit Profilgummisohlen.
»Hier hast du deine Scheißknarre zurück«, sagte Cousin Orell, als wir mit unserem Wagen wieder in unserem Versteck unweit der Brücke über den Negro River standen.
»Die behältst du, bis wir den zweiten Teil unserer Mission hinter uns gebracht haben«, zischte ich.

»Dein *Rass-Claat* Schwarzer Gürtel hilft dir einen Scheißdreck, wenn dieser *Bumbo-Claat* Hurensohn von Obeah-Mann aus drei Yard Entfernung Säure auf dich wirft oder eine Phiole mit Kontaktgift!«

... Keep on working:
Wonders!
Judy Mowatt

23

Mother Reillys Yard war etwa drei Square groß, etwas größer als die anderen Grundstücke entlang der Hauptstraße: Crotons, Josephscoat, Poinsettien, Korallensträucher, Franseneibisch, Hibiskuszüchtungen in allen möglichen Farben, Puss-Tail und Zwergflamboyants wuchsen entlang des mit grünem Plastik beschichteten Drahtzauns; das flach, dicht und breitblättrig wachsende Gras im Hof wurde wohl regelmäßig mit der Machete klein gehalten; das Wohnhaus im Bungalowstil hatte mindestens drei Schlafzimmer und zwei Bäder, war gegen Einbruch voll vergittert und wies eine riesige Veranda auf mit Rattantisch und -sesseln, davor mit gekalkten Steinen eingefaßte Blumenbeete.

Vom Haus führte ein kiesbedeckter, gewundener Pfad zu einer kleinen Kirche im hinteren Teil des Grundstücks, auf deren Dach an sieben zusammengeschweißten, rotgestrichenen Stangen sieben Fahnen wehten.

Dies Gebäude befand sich im Schatten riesiger Brotfrucht- und Mangobäume, längs des Zauns ein gepflegter Hain mit Bananen- und Plantainbäumen.

Im Innern der Kirche war es luftig: Die Wände waren nur halb hochgezogen. An der Stirnseite befand sich ein flaches Podest, auf dem ein mit einem roten Tuch bedeckter quadratischer Tisch und ein Stuhl standen. Auf dem Tisch ein weißgestrichenes Holzkreuz, eine Vase voller Blumen, eine Emailleschale enthielt Wasser; hinter dem Tisch an der Wand eine Schiefertafel,

auf der mit Kreide in kindlicher Schrift der zweite Vers von Psalm vier stand.
Mother Reilly saß in bequemer Haltung auf dem Stuhl. Den weiten roten Rock hatte sie gerafft, die gespreizten Oberschenkel und die Knie zu bedecken. Sie trug eine bequeme weite, weiße Bluse, über das ergraute Haar ein rotweißes Kopftuch.
Im Hintergrund der Kirche saßen mehrere Frauen auf rohgezimmerten Bänken: Sie waren schon behandelt worden und geblieben, weil sie neugierig waren und Mother Reilly mit ihrem gesunden Menschenverstand bei der Heilung der beiden Patientinnen, die in der ersten Reihe von dem Podest saßen, helfen wollten. Mrs. Dexter war, wie es schien, die letzte, denn gerade, als wir eintraten, stand die Frau neben ihr auf und setzte sich an den Tisch vor der Heilerin. Orell und ich gingen auf Zehenspitzen durch die Bankreihe und nahmen neben Auntie Betty Platz. Diese neigte den Kopf zu Orells Ohr, flüsterte ihm etwas zu: Sie kicherten.
Mother Reilly fragte ihre Patientin nach dem Namen und dem Heimatort. Dabei blätterte sie in ihrer Bibel. Leise beantwortete die Frau ihre Fragen.
»Sprich etwas lauter, mein Kind«, sagte Mother Reilly. »Laß alle, die hier anwesend sind, hören, was dich schmerzt.«
Die Patientin errötete, schluckte und wiederholte ihre Antworten.
Mother Reilly biß sich auf die Oberlippe, lächelte und schwieg.
»Nun?« fragte sie dann. »Du bist schwanger, nicht wahr?«
Die Frau nickte.
»Und du hast Beschwerden?«
Die Frau nickte.
»Abgesehen von dem Kopfweh und dem Erbrechen am Morgen, was hast du noch, mein Kind?«
Die Frau antwortete.

Mother Reilly runzelte die Stirn.
»Das ist aber gar nicht gut. Damit mußt du zu einem Arzt gehen und die Medikamente nehmen, die er dir verschreiben wird.«
»Ausfluß«, flüsterte Auntie Betty. »Vielleicht Tripper. Eine böse Sache, wenn man schwanger ist.«
Mother Reilly blätterte in ihrer Bibel.
»Aber das ist es nicht, was dich herkommen läßt«, sagte sie nach einer Weile. »Sprich dich aus, meine Liebe, und zwar laut und klar, damit wir alle, die wir hier beieinander sind, dir helfen können.«
Die Frau nickte. Und schwieg.
Mother Reilly fragte sie, wie viele Kinder sie hatte.
»Zwei. Ein Junge und ein Mädchen.«
»Vom gleichen Vater.«
Die Frau nickte.
»Er unterstützt die Kinder?«
»Manchmal«, sagte die Frau leise.
»So sind sie eben«, meinte eine Frau in der letzten Reihe. »Unterstützen ihre Kinder nicht, ficken jede Möse, derer sie habhaft werden können, benutzen kein Kondom, schwängern dich und stecken dich dabei noch an.«
»*Gon-Man*«, kicherte die Jüngere neben ihr.
»Und unsereins badet das dann aus, mit der *Gon*orrhöe in der Unterhose, jawoll!«
Die Patientin senkte den Kopf und kicherte.
»Da gibt's nichts zu lachen«, meinte Mother Reilly ernst. »Versprichst du mir, daß du zu einem Arzt gehst? Dem Kinde könnte etwas passieren.«
»Besser, sie treibt es ab«, rief eine andere Frau.
»Das will ich nicht gehört haben«, mahnte Mother Reilly.
Dann war es still in der Kirche.
»Aber vielleicht hat sie recht?«
»Geh zu Doktor G. in Morant Bay«, empfahl die jüngere Frau in der letzten Reihe. »Es hat doch keinen Sinn. Der Kerl hat kein Geld für deine anderen

zwei, und jetzt verschafft er dir schon wieder einen Bauch – und den Tripper.«

»Ich hasse ihn«, sagte die Patientin leise. »Ich bin seine einzige Baby-Mother, ich koche für ihn, jede Woche bringt er seine Schmutzwäsche, ich lasse ihn selbst dann in mein Schlafzimmer, wenn er nach Rum und anderen Weibern riecht ...«

Nachdenklich blickte Mother Reilly sie an.

Dann zog sie die Augen zu Schlitzen zusammen.

»Ich sehe einen braunen Mann«, sagte sie. »Kennst du einen, der nicht weit von dir wohnt?«

Ihre Patientin starrte sie mit offenem Munde an und nickte.

»Mein Nachbar«, sagte sie dann. »Ein Witwer mit zwei Kindern. Ein Farmer.« Und nach einer Weile: »Aber er ist alt.«

»Wie alt?« fragte Mother Reilly.

»Über vierzig«, sagte die Frau.

Die Frauen in der letzten Reihe lachten.

»Laß die Hände von den jungen *Dibby-Dibby-Jungs*«, rief eine. »Ein Mann über vierzig weiß, wie man Frauen behandeln muß.«

Nun lachte selbst Mother Reilly. Ihre Patientin, jetzt völlig entspannt, bedeckte den Mund mit der Hand und kicherte.

Mother Reilly wurde wieder ernst.

»Du hast zwei Kinder, dein Mann unterstützt dich nicht und behandelt dich wie Dreck, du arbeitest nicht – sag, wer unterstützt dich dann?«

»Meine Schwester in Miami«, erwiderte die Patientin.

Mother Reilly schien nicht zuzuhören. Sie blätterte in ihrer Bibel, senkte den Kopf und las.

»Gibt es dort, wo du wohnst, einen Bach oder Fluß?« fragte sie dann zusammenhangslos.

Ihre Patientin nickte.

»Ist er sauber?«

 Ihre Patientin nickte wieder.

»Wenn du beim Arzt gewesen bist ...«
»... gehst du drei Tage ins Krankenhaus«, rief die ältere Frau in der letzten Reihe.
»Und danach«, fuhr Mother Reilly fort, die tat, als habe sie diesen Einwurf nicht gehört, ihn aber nun zu billigen schien, »gehst du zum Fluß und badest dort jeden Morgen. Sieben Tage lang.«
»Danke«, sagte die Patientin. Aber sie stand nicht auf.
»Du brauchst einen Ring«, meinte Mother Reilly nach einer Weile. »Dein Baby-Father wird dich nicht kampflos aufgeben, und dein Nachbar, der dich liebt, ist zu schüchtern, dir den Hof zu machen. Nimm ein Stück Papier, es muß genau quadratisch sein, und schreib seinen Namen darauf. Falte das Papier zweimal und trag es die nächsten Wochen immer bei dir, am Leib.«
»Was kostet der Ring?« fragte die Patientin.
»Zweihundert Dollar.«
Die Patientin zog eine kleine Börse aus dem Ausschnitt ihres Kleides und bezahlte Mother Reillys Behandlung.
»Nächste Woche, am ... Montag, komme ich wieder und bringe das Geld für den Ring«, sagte sie und ging langsam in den hinteren Teil der Kirche, wo sie sich zu den anderen Frauen setzte.
Nun war Mrs. Dexter an der Reihe.
Nach dem langen Gespräch mit Mother Reilly, immer wieder von Ratschlägen, Sprichwörtern, Erzählungen und Hinweisen aus der letzten Reihe unterbrochen, nein, unterstützt, wirkte diese junge Amerikanerin verdammt gesund auf mich.
»Das hab ich auch gar nicht anders erwartet«, meinte Auntie Betty und stand mühsam auf. »Die hat eine Pferdenatur.«
Orell blickte mich aus großgewordenen Augen an.
»Genau das richtige für meinen Neffen Orell«, krakeelte Auntie Betty und schlug ihm auf die Schul-

ter. »Aus 'nem guten Stall, egal ob schwarz, braun oder weiß, gesund wie ein Pferd, stur wie ein Esel, fruchtbar wie ein Karnickel ...«

»Da liegt ja der Haken«, erwiderte ich. »Jedenfalls meint das ihre Familie.«

»Pah«, machte Auntie Betty und stülpte die Lippen auf. »Die braucht nur 'nen richtigen Bock. Weißt ja«, sie grinste mich an, »die Männer unserer Familie brauchen 'ne echte Frau nur mal scharf anzugucken, und prompt kriegt sie 'nen dicken Bauch!«

Vor der kleinen Kirche gesellte Mrs. Dexter sich zu uns, fragte nach dem Grund unseres Lachens, erfuhr ihn, boxte Orell in die Rippen, hängte sich bei ihm ein und sagte: »Auntie Betty hat völlig recht. Ich bin bereit und in der richtigen Kondition!«

Ich stöhnte innerlich auf: Dies Weib war schon völlig jamaikanisiert. Oder korrumpiert, wie unsere alten Kolonialherren zu sagen pflegten.

I am the man
You used to hate.
Mutabaruka

24

Fred Clarke kam vier Stunden, nachdem ich ihn angerufen hatte. Er wurde von einer sehr hellen Mulattin mit gerader Nase, honigfarbener Dauerwelle, schmalem Becken, einem Po wie ein Fußball und zu dünnen Waden begleitet, die ein schulterfreies Kleid, goldene Lackschuhe und Fußkettchen trug. Sie hatte eine Art, eine Braue hochzuziehen, als sie mir vorgestellt wurde (»Meine Sekretärin, Ruffneck. Und dies ist Mister Aubrey Fraser, Darling.«), daß ich gleich wußte, daß ich sie nicht ausstehen konnte. Fred hat nie Glück mit seinen Freundinnen; und als wir anderen, fröhlich klatschend, im Dining-room saßen, hockte er finsteren Gesichts im Aufenthaltsraum und sah sich, geistesabwesend und Kette rauchend, einen Karatefilm vom Videorecorder an.
Als ich ihn diskret fragte, murmelte er etwas von »Sie sagt, sie habe ihre Tage«, und konnte mir nicht in die Augen sehen. Ich kenne diese Sorte Frauen.
»Bestell ihr ein Taxi und bleib zwei, drei Tage hier«, riet ich ihm. Aber dafür war er zu feige.
McPherson kam pünktlich, auf die Minute genau zu dem Zeitpunkt, zu dem wir ihn bestellt hatten. Er trug *Patrick-Ewing*-Klamotten, Jeanshemd und -hose, die, sorgfältig in Fetzen geschnitten und mit anderen, ausgefransten Stoffen unterfüttert, aussehen wie aus dem Mülleimer gezogen und scheißteuer sind, Goldkettchen um Hals und Handgelenke, *Nike* Baseballschuhe in Schockfarben und ein riesiges *Tam* in Rot, Grün und Gelb. Er bewegte sich in dynamischem

Zeitlupengang durch den Aufenthaltsraum und blieb wie angepflockt stehen, als er Silvia Dexter, Teacher Williams und Auntie Betty, Donna und mich sah. Als er sich schnell umdrehte, Reißaus zu nehmen, schubste ihn der Security Guard, den ich für diesen Abend bezahlte, über die Schwelle. McPherson war ein guter Verlierer: Er warf Silvia eine Kußhand zu, grüßte Cousin Orell mit aufgerichtetem Daumen, zog sich einen Stuhl heran, und erst, als er sich eine Zigarette anzündete, sah ich an den leicht zitternden Händen, daß er nervös war.

Orell ließ ihn nicht aus den Augen. Mrs. Dexter legte ihm beide Hände übereinander auf das Knie, er bedeckte sie beruhigend mit der Rechten, unterhielt sich leise mit ihr, ließ McPherson aber spüren, daß er ihn unter Kontrolle hatte. Donna sagte nichts. Sie faltete die Hände über dem Bauch, als wäre sie im vierten oder fünften Monat schwanger, stellte die Füße weit voneinander unter den Tisch und schien sich alle Gesichter genauestens einzuprägen. In ihrem kleinen Schwarzen, mit einem Hauch Make-up und nur einem dünnen Halskettchen, die Haare streng nach hinten gekämmt, den kleinen Pferdeschwanz von einer schwarzen Seidenschleife zusammengehalten, vermittelte sie den Eindruck bürgerlicher Wohlanständigkeit, und sie schien diese Rolle zu genießen.

Ich blickte auf meine Armbanduhr und fragte mich, ob *Cerasee* kommen würde. Ich an seiner Stelle täte es nicht. Aber ich vermutete, daß mein Einbruch bei ihm und seine vielen Taxifahrten zu Männern, die dann doch nicht da waren, ihn in die Enge getrieben und ratlos gemacht hatten.

Auntie Betty genoß sichtlich den Aufenthalt »in all dieser Eleganz«. Wir hatten gegessen, ich hatte eine Flasche Appleton, Rum, Bier, Cola, Bitter Lemon, Limonen und viel Eis bestellt und sowohl die Empfangschefin, die abends noch immer ihren Dienst tat,

als auch die beiden Kellnerinnen gut dafür bezahlt, in ihren Zimmern zu bleiben.
»Wenn wir mehr Eis und Wasser benötigen sollten, kann Stewart es uns aus der Küche bringen«, sagte ich, und der Wachmann, der mich sofort als Chef akzeptiert hatte, nickte.
»Ihre Kur scheint Ihnen wirklich gutgetan zu haben«, sagte die Empfangschefin und lächelte ironisch. »Sie haben hier alles unter Kontrolle. Nicht?«
»Ich hoffe es«, erwiderte ich ernst und entließ sie. Sie spürte wohl meinen Blick auf ihrem Hintern und schwang ihn mehr als gewöhnlich. Bevor sie die Tür zu einem geräumigen Raum, der wie das Sekretariat aussah, hinter sich schloß, warf sie mir eine Kußhand zu, versteckte ihren lachenden Mund hinter dem linken Handrücken und verschwand. Kurz darauf ertönte Beres Hammond aus dem Zimmer.

Cerasee kam eine Viertelstunde zu spät. »Das akademische Viertel« hatten es meine Ausbilder in London einst genannt. Wachsam durchschritt er den Aufenthaltsraum, warf einen scharfen Blick auf Fred, der im Fernsehsessel lungerte, blieb auf der Schwelle des Dining-rooms stehen und betrachtete unsere Gruppe ausgiebig. Der Dread warf, als wollte er sagen, er könnte nichts dafür, die Hände hoch, Mrs. Dexter biß sich, von Orell kurz angesprochen, in die Unterlippe, Donna versteifte sich, und ich winkte dem Obeah-Mann, sich neben mich zu setzen.
»Einen Drink?«
»Nein, danke«, sagte er.
Er blickte mich lange an, so wie jemand, der Abschied nimmt, eine geliebte Person betrachtet, das Gesicht recht lang im Gedächtnis zu behalten. Er wirkte traurig, aber völlig entspannt.
»O doch, ein kaltes Bier, wenn's geht«, meinte er dann.
»Stewart, zwei kalte Biere«, rief ich.

Der Security Guard, an den Pfosten zwischen Aufenthalts- und Eßraum gelehnt, bückte sich, nahm zwei Flaschen, die auf Eis in einem Eimer neben ihm standen, kam zum Tisch, öffnete eine Flasche und goß das schäumende Bier in mein Glas. *Cerasee* hob das Kinn und die Hand, bat wortlos um die zweite Flasche, öffnete sie selbst, griff ein Glas von der Tischmitte und goß sich ein. Stewart schritt zurück zu seinem Platz, Fred schlurfte, das Gesicht gesenkt, ein großes Glas mit Appleton und Cola in der Hand, an unseren Tisch, murmelte etwas und setzte sich *Cerasee* gegenüber.

»Willkommen«, sagte ich und prostete dem Obeah-Mann zu.

Der lächelte traurig, hob das Glas und trank.

»Ich habe euch herbestellt, euch eine Geschichte zu erzählen, eine, deren Ende ich noch gar nicht kenne«, fing ich an. Ich kratzte an meiner linken Schläfe und blickte die Anwesenden nacheinander an: Mir gegenüber, an der anderen Stirnseite der beiden zusammengestellten Tische, mit dem Rücken zum Aufenthaltsraum, saß der Dread. Er bemühte sich, gelangweilt auszusehen. Links von ihm, im Gang, saßen Orell und Mrs. Dexter, neben Silvia, rechts von mir, Fred Clarke, das Glas in der Rechten, die Stirn mit der Linken abgeschirmt, Ellbogen auf dem Tischtuch; zwischen Fred und mir, an der Kante, thronte Donna, links von mir, Fred gegenüber, saß der sehr wachsam und kühl wirkende Obeah-Mann aus Danvers Pen, neben ihm mit vor Aufregung glühenden Wangen, massig und selbstbewußt, Auntie Betty.

»Es war einmal ...«, gluckste sie.

»... eine Tochter aus reichem Hause in den Vereinigten Staaten. Ihre Kindheit war schwer, ihre Ehe ein Unglück. Nach der Scheidung hielt es sie nicht mehr in ihrem Haus, ihrem Distrikt, ihrem Staat, ihrem ... Vaterland. Ja. Die USA sind ein Vaterland, kein Mutterland. Sie wollte weg. Nichts wie weg. Erst

einmal mit sich ins reine kommen. Und wie so viele andere ihrer Herkunft und ihres Standes, ihrer Hautfarbe und ihrer Religion brachte sie ihre Neurosen, die – das muß ich zugeben – nicht außergewöhnlich und auch nicht weiter schlimm sind, in ein kleines Land in der Dritten Welt. Hier erhoffte sie sich Selbsterkenntnis und Linderung ihrer Leiden. Und«, ich hob meine Stimme ironisch, »da dies eine Art Märchen ist und ein Märchen immer gut ausgeht, erhielt sie am Ende auch beides. Aber ich will nicht vorgreifen.«
Ich trank mein Glas aus.
»Stewart, kannst du ...?« Aber da war er schon auf dem Wege, öffnete die Flasche und goß mir ein.
»Kann ich auch ...?« fragte er.
»Aber selbstverständlich«, erwiderte ich. »Hier gibt es nichts, was einen pflichtbewußten Security Guard beunruhigen könnte.«
Stewart hob die Brauen und blickte mich an. Er deutete mit dem Kinn auf den vor ihm sitzenden *Cerasee*.
Dessen Schultern versteiften sich.
»Oh, ihn meinst du?« wandte ich mich an den Wachmann. »Der ist absolut harmlos. Er ist alt geworden, weißt du, und verpatzt in jüngster Zeit alles, was er anfaßt.«
Cerasee ließ sich nichts anmerken und trank einen kleinen Schluck aus seinem Glas.
»In Negril«, fuhr ich mit meiner Geschichte fort, »trifft unsere Heldin dann einen reizenden, gutaussehenden, äußerst höflichen, charmanten jungen Mann ...«
Die Gesichter wandten sich McPherson zu.
»Was sie nicht wußte, ist, daß er in der Leihschwanzindustrie beschäftigt ist, einer nicht unwichtigen Branche unseres Tourismuswesens, vom zuständigen Minister leider nicht genügend gefördert ...«
»Bumbo-Claat!« Der Dread sprang wütend auf.

Orell erhob sich halb und drückte ihn an der Schulter nieder.
»Schnauze halten!« zischte er.
»Denn wenn dieser Mann, etwa in Fortbildungskursen, veranstaltet vom Ministerium für Arbeit, Wohlfahrt und Sport, Manieren gelernt hätte, würde er nach dem Empfang eines hohen und steuerfreien Obolus für geleistete Dienste seiner Kundin einen Abschiedskuß gegeben und sich an das Ende der Schlange gestellt haben, die am Flughafen von Montego Bay auf Kundinnen wartet, die mit dem nächsten Jet ...«
»Halt deine gottverdammte Rass-Claat-Schnauze!« brüllte McPerson, der meine Anmache wirklich persönlich zu nehmen schien.
»Hinsetzen!« grollte Orell.
Mrs. Dexter warf schnelle Blicke von einem zum anderen. Sie sah besser, aber magerer aus als auf den Fotos.
»Hinsetzen, Maul halten!« fuhr ich den Dread an. »Denn nun erfolgt der unappetitliche Teil unserer Geschichte. Nachdem der Rent-a-Dread gesehen hatte, daß seine reiche Kundin ihm den Laufpaß geben wollte, fing er an, höchst unangenehm zu werden: Er prügelte sie, riß sie an den Haaren, drohte, sie über die Klippen zu werfen. Mit einem Wort: Er benahm sich ihr gegenüber, wie Angehörige ihrer Rasse und Klasse sich gegenüber Angehörigen unserer Rasse vor zweihundert Jahren zu benehmen pflegten. Es gibt Leute, die haben Verständnis dafür. Ich habe es nicht. Nicht bei solch billigen Leihschwänzen, die von Leiden nur gelesen oder gehört haben.«
Ich zündete mir eine Zigarette an. Donna setzte sich augenblicklich zwei Fuß weiter.
»Mein Cousin Orell dachte wohl ebenso. Er traf auf die beiden, als *dieser Held* sein schwaches Opfer wieder einmal verprügelte und ihm drohte, es in die Schlucht in der Nähe dieses Hotels zu werfen. Orell,

der – ebenso wie ich – absolut nichts dagegen hat, wenn zwei Menschen in der gleichen Gewichtsklasse sich einmal ordentlich fetzen, griff in diesem Fall grober Ungleichwertigkeit, was das Kämpfen betraf, ein: Er gab dem Feigling eine Lektion und nahm sich des Opfers an. Zunächst einmal völlig unpersönlich, aus reinem Mitleid ...«

»Er brachte Silvia zu mir«, fuhr Auntie Betty ruhig fort. »Wir haben feststellen müssen, daß sie unter Drogen stand, unter der Einwirkung von mindestens zwei verschiedenen: *Tempting Powder* und etwas ... anderem, das einem so ein, zwei Wochen aus dem Gedächtnis radiert.« Sie drehte den Kopf und blickte *Cerasee* scharf an. »*Tempting Powder,* das kann ich ja verstehen«, fuhr sie fort. »Hier und da benötigt ein liebender Mensch etwas, das den Geliebten oder die Geliebte zurückkehren läßt. Aber ...«, und hier wurde ihre Stimme laut und drohend, »der Dread ist kein liebender Mensch, und dieser Bumbo-Claat korrupte, geldgeile, prinzipienlose Scheißhaufen hier ...!«

»Jawohl«, schrie Stewart begeistert, »gib's ihm!«

»... diese prinzipienlose Ratte gibt diesem geldgeilen, prinzipienlosen, gewalttätigen Scheißhaufen hier«, ihr fetter Finger wies auf McPherson, sie blickte aber immer noch *Cerasee* an, »zwei verschiedene Drogen, dieses arme Mädchen«, sie zeigte, ohne sie anzuschauen, nun auf Mrs. Silvia Dexter, »verrückt zu machen!«

Sie senkte den Arm, sah Orell triumphierend an und nahm einen großen Schluck aus ihrem Glas mit Rum und Bitter Lemon.

Ich ließ die Pause lang werden. In der Schlucht vor dem Hotel toste das Wasser in seinem Bachbett. Dann beschloß ich, schnell zu Ende zu kommen: Ich wollte mir die Ergebnisse der Wahlen in den USA im TV ansehen.

Auntie Betty genoß, daß sie ihrem Herzen Luft gemacht hatte und im Zentrum unserer Aufmerksamkeit stand. Nur einer hatte sich nicht gerührt und all die Zeit getan, worum ich ihn dringend gebeten hatte: Fred.

»Ruffneck!« rief er jetzt halblaut, warnend.

Ich zog mein Bierglas an mich, hielt es gegen das Licht, sah einen weißlichen Schleier in der goldenen Flüssigkeit, stand halb auf und schob das Glas vor Fred.

»Danke!« sagte ich.

»Keine Ursache«, flüsterte er. Er wirkte sehr bleich und richtete sich nun, tief durchatmend, auf.

»Verstoß gegen welche Gesetze?« fragte ich ihn.

»Obeah ist illegal; Körperverletzung, Beibringung von Drogen und – jetzt – auch noch versuchter Mord«, antwortete er.

Ich wandte mich *Cerasee* zu.

»Selbst das verpatzt du, Alter«, sagte ich und kämpfte den Wunsch in mir nieder, ihm das Gesicht blutig zu schlagen.

Er zuckte mit keiner Wimper, war aber etwas blasser geworden.

»Obeah«, wandte ich mich wieder an Fred, »das lassen wir mal lieber weg. Das ist Folklore und nur verboten, weil die ehemaligen Kolonialherren, die Briten, Angst vor unserem afrikanischen Erbe haben. Aber das andere ist schlicht kriminell!«

Ich setzte mich.

»*Cerasee*«, sagte ich betont freundlich, »den Rest deiner Tage verbringst du im *General Penitentiary* oder im *Saint Catherine District Prison*. Du bist eine Gefahr für die Allgemeinheit. Und das nur, weil du alles vergißt, was mit Moral, Ethos, Anstand zu tun hat, wenn man dir genügend Geld anbietet.«

»Für viertausend jamaikanische und zehntausend US-Dollar«, erläuterte ich Mrs. Dexter, ihr in die Augen blickend, »wollte dieser verrottete Scheißhaufen erstens McPherson impotent machen, zweitens Orell vergiften, drittens mich zu Ihrem Gatten machen.«

»Sie zu …« Mrs. Dexter blickte mich aus runden Augen an. »Aber ich kannte Sie doch gar nicht.«
»Eben«, sagte ich.
Sie wandte sich an Orell.
»Ich verstehe gar nichts mehr«, sagte sie leise.
»Ich erkläre es dir«, versprach er eindringlich und zärtlich. »Später. Bestimmt!«
Da niemand ihm Beachtung zu schenken schien, meinte nun wohl McPherson, der ahnte, daß er sich – wie *Cerasee* – strafbar gemacht hatte, sich mit Hilfe von etwas Gewalt aus der Affäre ziehen zu können: Er sprang auf, stieß seinen Stuhl nach hinten, griff blitzschnell mit der Rechten in die linke, hintere Hosentasche, zog ein großes Schnappmesser hervor und ließ mit einer Aufwärtsbewegung des Arms die Klinge hervorspringen.
Cousin Orell warf sich gegen Mrs. Dexter, riß sie zu Boden und sprang nach hinten, die Augen zu Schlitzen zusammengezogen, die Arme lose neben dem Körper baumelnd, in den Knien leicht gebückt.
McPherson war von der schnellen Reaktion überrascht, er senkte den Arm mit dem Messer über dem Tisch, das Heft zwischen den ausgestreckten Fingern und dem Daumen.
»Anfänger!« dachte ich und rührte mich nicht. Auntie Betty muß etwas Ähnliches gedacht haben: Sie winkelte den Arm ab, schwenkte ihn schnell nach hinten und schüttete in der Aufwärtsbewegung dem Dread den Rum mit Bitter Lemon in die Augen; den Schwung nutzend, hieb sie ihm dann, so hart sie konnte, das Glas auf die Hand. Er riß den linken Arm hoch, sich mit dem Hemdärmel die ätzende Flüssigkeit aus den Augen zu wischen, den rechten zum Schutz vor das Gesicht. Aber da war Orell auch schon über ihm, schlug ihm mit einer Serie kurzer, gerissener Haken die Luft aus dem Brustkasten, bis der Dread vornübergebeugt japste, nahm schließlich Maß und setzte ihm einen Aufwärtshaken unter das

Kinn, hinter dem all sein Körpergewicht lag. McPherson segelte nach hinten, ruderte mit den Armen und brach über seinem Stuhl zusammen, der unter seinem Gewicht umfiel. Im Fall erwischte ihn noch eine rechte Gerade auf Mundwinkel und Nase.

Draußen toste das Wasser in seinem Bachbett, hier drinnen hörten wir McPherson durch die Zähne zischend atmen. Sonst war es still.

Auntie Betty mochte diese Stille nicht.

»Schade um den Rum«, sagte sie und füllte ihr Glas nach, gab einem Spritzer Limonensaft, viel Eis und etwas Bitter Lemon hinzu, mischte die Zutaten mit ihrem dicken, rechten Zeigefinger und nahm einen großen Schluck.

Ich blickte hinüber zu Fred: Er nickte mir beruhigend zu. Er sollte *Cerasee* den ganzen Abend ununterbrochen im Auge behalten, hatte ich ihm eingeschärft; und nachdem er erlebt hatte, wie der Obeah-Mann – wie von mir geahnt – etwas in mein Bierglas getan hatte, konnten Hurrikan, Erdbeben, geschweige denn eine kleinere, einseitige Prügelei ihn nicht davon abbringen, die Hände *Cerasees* zu beobachten.

»Das sah mir nicht nach Schwarzem Gürtel und Karate aus, Brother«, meinte ich zu Orell, der sich schweratmend das Hemd in den Hosenbund stopfte. »Eher nach ein paar Boxtrainingswochen in der Sporthalle von Guinness oder Dragon Stout.«

»Jeder blufft, so gut er kann«, gab er gutgelaunt zurück.

Ich wandte mich an *Cerasee*.

»Wir sind noch nicht fertig mit dir, alter Mann«, sagte ich.

Ich zog meine Tasche unter dem Stuhl hervor, wählte die Nummernkombination und öffnete sie.

»Hier«, sagte ich, »ein Teil deiner Raubzüge«, und ich packte seine Geldbündel auf den Tisch.

Der Obeah-Mann zog die Augen zusammen, sagte aber nichts.

Ich warf die US-Dollar auf Mrs. Dexters Platz. Sie stand hinter Orell, hatte ihm eine Hand auf die Schulter gelegt und schaute mich aus großgewordenen Augen an. Ich zwinkerte ihr mit dem linken Auge zu.
»Schmerzensgeld«, erläuterte ich und teilte die Jamaika-Dollars in zwei etwa gleich hohe Haufen.
Cerasee blickte abwechselnd auf das Geld und in mein Gesicht.
»Eine Hälfte für die Nervenklinik in der Stadt«, sagte ich zu ihm. »Ich schätze, unter den hoffnungslosen Fällen sind auch einige deiner Opfer. Außerdem kann *Bellevue* eh Spenden brauchen: Die Zustände dort sind seit Jahren, dank Weltbank und Internationalem Währungsfonds, verheerend.«
Der Obeah-Mann ließ die Schultern sacken und sah mir spöttisch in die Augen.
»Und der Rest?« fragte er leichthin.
»Für einen Mann aus deiner Branche«, erwiderte ich.
Es brauchte einige Sekunden. Dann hatte *Cerasee* begriffen.
»Für den Fall, daß du auf Kaution vor der Verhandlung freigesetzt wirst – ich vermute, du hast noch viel mehr davon«, ich wies mit dem Kinn auf die Geldbündel, »in einer Bank. Ich möchte nicht, daß du in einer letzten Verzweiflungstat einem der hier Anwesenden etwas antust.«
Cerasee fuhr mit der Zungenspitze in den linken Mundwinkel, sagte aber nichts.
»Orell!« wandte ich mich an meinen Cousin fünften oder achten Grades.
»Hm«, machte der.
»Es gibt etwas zu tun.«
Orell nickte bedächtig, schritt über den immer noch am Boden liegenden und leise wimmernden Dread und stellte sich hinter dem Obeah-Mann auf. Dessen Körper wurde sichtlich steif. Noch immer blickte er abwechselnd auf mich und sein Geld.
Orell riß *Cerasees* Arme hoch, schob seine unter

dessen Achseln und verschränkte die Hände, deren Knöchel sichtlich grauer wurden, hinter dessen Nakken.

»Entschuldigung«, sagte ich zu Donna und Fred, die uns mit offenem Munde ansahen, schob den Tisch zur Seite und stellte mich vor den Obeah-Mann. Die Adern auf seiner Stirn waren geschwollen, so fest befand er sich in Orells Griff.

Ich beförderte eine Nagelschere aus der Jackentasche, nahm sie in die Rechte und klapperte mit ihr wie ein Frisör.

Cerasee wand sich in Orells Griff.

Mit der Linken hielt ich ihn am Kinn fest und schnitt mit der Rechten die Härchen, die ihm aus den Ohren und in den Nasenlöchern wuchsen, ab, ließ ihn los und verstaute die kleinen, weißen Haarbüschel in einer Plastiktüte.

Cerasee begann zu schreien. Es waren hohe, spitze Schreie, wie die einer Fledermaus.

Auntie Betty hielt sich die Ohren zu.

Ich zog *Cerasee* Schuhe und Strümpfe aus, schnitt ihm die Zehennägel und tat sie zu den Haaren in die Tüte.

Cerasee wimmerte und schaukelte von links nach rechts.

Ich packte seine Rechte und schnitt ihm die Fingernägel. Ich ging um seinen Stuhl herum, griff nach seiner Linken und schnitt auch diese Fingernägel. Ich tat sie in den Beutel, verknotete ihn und steckte ihn in die Brusttasche.

Orell entließ *Cerasee* aus seinem *Doppelten Nelson* und schubste den Stuhl nach vorn.

Der Obeah-Mann fiel mit dem Oberkörper auf den Tisch, stieß dabei die Gläser um, verbarg sein Gesicht in den gebeugten Armen und wimmerte nun leiser.

»Die und das Geld«, wandte ich mich an Mrs. Dexter, die die Szene steif, den Mund mit einer Hand bedeckt, beobachtet hatte, »kriegt ein Obeah-Mann aus einem anderen Parish. Ein besserer und mächtigerer als *Cerasee*. Der sorgt dafür, daß uns nichts passieren kann. *Cerasee* ist von nun an in seiner Gewalt.«

Stewart, der Security Guard, der seinen Platz am Türpfosten nicht verlassen hatte, hüpfte nun wie ein Springteufelchen von einem Fuß auf den anderen, schnippte mit den Fingern, lachte und schrie.

»Das war's! Ja, das war's denn wohl«! Jawoll! *Raatid*, der Kerl in seiner eigenen Falle! Gegen Obeah hilft nur stärkerer Obeah!« Er drehte sich um die Achse, tanzte eine Art Ska, juchzte und lachte.

»Mister Fraser«, rief er, »ich verzichte auf mein Geld. Sie schulden mir nichts. Ganz im Gegenteil, ich schulde Ihnen noch etwas!«

Auntie Betty grinste, schwieg und schlürfte ihren Long Drink.

Fred und Donna sahen einander an.

Donna wirkte zunächst ängstlich, dann fing sie an zu strahlen.

»Kuwait!« rief sie mir zu. »Die Ölquellen! O Ruffneck!«

Fred ging zu dem Eimer mit Eis, in dem sich noch immer einige Bierflaschen befanden, nahm sich eine, öffnete sie, trank aus der Flasche und schüttelte den Kopf.

»Country-Bumpkins!« sagte er und lachte.

Er hätte auf seinem Platz bleiben und *Cerasee* nicht aus den Augen lassen sollen.

Als ich mich dem Obeah-Mann zuwandte – Orell war um den Tisch herum zu Mrs. Dexter gegangen –, griff dieser, sich aufrichtend, in seine Tasche, holte etwas hervor, versenkte es in meinem Bierglas, das auf der anderen Tischplatte stand, griff nach dem Glas, führte es an die Lippen, trank und lächelte mich an.

Er lächelte mich an!

Dann brach er, langsam wie in Zeitlupe, in sich zu-

sammen, kam auf der Stuhlkante zu sitzen, schwankte nach beiden Seiten, legte langsam die Unterarme auf die Tischplatte, riß den Kopf nach oben, verzog seinen Mund wie zu einem Lachen und knallte mit der Stirn auf das Tischtuch.
Seine Hand öffnete sich, der Inhalt des Glases ergoß sich über den weißen Damast; *Cerasee* seufzte tief und hörte auf zu atmen.
Donna starrte ihn aus weitoffenen Augen an, schlug die Hand vor den Mund, fischte mit der anderen nach einer Stuhllehne, setzte sich und begann zu lachen. Es war ein rundes, volles, schönes Lachen, ein Lachen mit einer schönen Melodie, das Lachen einer entspannten, sinnlichen Altstimme.
Wir blickten sie sprachlos an.
Sie wischte sich die Lachtränen aus den Augenwinkeln, und ihr Lachen verebbte, wie sie da von einem zum anderen blickte, zu einem lauten Kichern. »Ist das schön!« rief sie. Und kicherte.

Now my fruit has come to perfection
You are heading in my direction.
Gregory Isaacs

25

»Entschuldigung!« sagte Donna, immer noch kichernd. Wir blicken sie teils fragend, teils entrüstet an.
»Aber wißt ihr, woran der hier mich erinnert?«
Auntie Betty machte große, runde Augen, runzelte die Stirn, senkte das Kinn, stülpte die Unterlippe vor und sah mich, fragend die Schultern hebend und die Handflächen nach außen kehrend, ironisch an.
»An George Bush, dieses Großmaul!« kicherte Donna. Sie sah sich um und begriff, daß wir sie immer noch nicht verstanden.
»Als er nach Japan fuhr ... Erinnert ihr euch nicht?«
Im weiteren verstellte sie ihre Stimme, je nachdem, ob sie erzählte oder den Sprachgestus der Zitierten nachahmte.
»Da saß George Bush am Tisch seines Gastgebers, des japanischen Ministerpräsidenten, fünfzig amerikanische Wirtschaftsführer im Gefolge, und flehte die Japse an: Kauft amerikanische Waren, bitte schön! Kauft amerikanische Waren, oder wir sehen uns gezwungen ...!«
Die Japaner ringsum blickten einander kurz an, zuckten mit den Schultern und grummelten dann nur: Nein, liebel nicht ... Ne, ne, keine Qualitätskontlollen, schnellel Velschleiß ... Und Elsatzteile sind so schwel zu kliegen ...«
Donna machte eine bedeutungsvolle Pause und fuhr dramatisch fort: »Griff Bush sich, dieser verbrecherische *Bully-Boar*, dieser CIA-Killer und Mörder zahl-

loser Unschuldiger in Panama und dem Irak, griff der sich an den Fleck, wo andere Leute ihr Herz zu tragen pflegen, grunzte kurz auf – und kippte seinem Gastgeber mit der Birne in die Suppe ... Platsch!«
Stille.
Dann fingen wir an zu kichern.
Fred und Auntie Betty bedeckten ihren Mund mit der Hand, aber auch sie kicherten. Der Bann war gebrochen.
Nach einer Weile ging Fred Clarkes Kichern in ein angestrengtes Husten über, er fragte rhetorisch: »Und was machen wir jetzt mit einem toten Obeah-Mann im Dining-room dieses Kurhotels?«
Wieder prusteten wir los. Wir hatten wohl keinen Sinn für Pietät.
Fred aber, der sich nun in einen Anwalt verwandelte, besaß einen Sinn für praktische Angelegenheiten. Er schickte seine seltsame Geliebte mit dem Taxi nach Kingston, rief die Empfangsdame und die Kellnerinnen aus ihren Zimmern, erklärte ihnen die Lage und schwor uns alle auf *eine* Version des Geschehens ein. Er ließ uns immer wieder alles wiederholen. Wie Schulkinder. Dann erst veranlaßte er, die Polizei in Bath anzurufen.
Die Beamten tauchten nach einer Stunde auf, rührten den Toten nicht an, stellten keine überflüssigen Fragen und informierten die Kriminalpolizei in Morant Bay.
Wir stellten uns auf eine lange, ungemütliche Zeit ein.
Die Polizisten aus Bath sich auch. Sie schickten uns auf unsere Zimmer und standen Wache.
»Ruhig bleiben«, mahnte Fred. Unter gesenkten Wimpern starrte er die Empfangsdame an.
»Dies ist Fred Clarke, der Staranwalt aus der Stadt«, stellte ich ihn ihr vor.
»Jetzt, wo Sie es sagen, erkenne ich ihn auch wieder«, sagte sie und ließ den Blick nicht von ihm. »Wie oft

hab ich doch schon sein Bild in der Zeitung gesehen. Ich bin Judith Rawls«, wandte sie sich an ihn.
»Sie sind sehr schön«, antwortete er. Sie lächelten einander an.
Das war geritzt. Ich ließ die beidenallein und ging mit Auntie Betty, Orell und Mrs. Dexter auf mein Zimmer.
»Das wird noch eine böse Geschichte«, meinte Auntie Betty, nachdem sie sich auf dem Bett niedergelassen und einen guten Schluck Rum mit Wasser zu sich genommen hatte.
»Glaub ich nicht«, meinte Donna. Sie kam gerade zur Tür herein. »Ich habe mich im Korridor versteckt und gelauscht.«
»Gelauscht?« Orell kräuselte die Stirn.
»Die sind doch froh, daß der tot ist.«
»Wer?« fragte Mrs. Dexter.
»Na, die Bullen«, erwiderte Donna. Sie zog sich einen Stuhl heran und setzte sich schwerfällig hin. Sie übertrieb es wirklich mit ihrer gerade begonnenen Schwangerschaft.
Aber sie hatte recht.
Cerasee war mehrfach vorbestraft, die meisten Menschen hatten Angst vor ihm; er besaß keine große Familie, die daran interessiert sein könnte, die Wahrheit, was immer das ist, herauszubekommen; er hatte nur einen Sohn in den Vereinigten Staaten, dem er das Medizinstudium ermöglicht hatte und der sich für seinen Vater schämte; und wo kein Kläger ist, gibt es keine Angeklagten.
Die Kriminalbeamten aus Morant Bay behandelten uns zurückhaltend und höflich; Fred Clarkes Anwesenheit allein genügte ihnen, unseren Aussagen zu glauben. Sie machten sich nicht einmal die Mühe, uns einzeln zu verhören, nachdem der Leichnam in einem großen Amischlitten des zuständigen Begräbnisunternehmers abtransportiert worden war.
Sie vereinbarten mit uns einen Termin auf der Polizei-

station, wo unsere Aussagen zu Protokoll genommen und von uns unterzeichnet werden sollten, und wünschten uns, wirklich, »weiterhin einen guten Aufenthalt!«

Als sie gegangen waren, zog mich Fred am Jackenärmel in eine Ecke des Fernsehzimmers.

»Vernichte den Zettel, auf dem Vorschuß steht«, flüsterte er. »Ich sehe ja nicht ein, warum das Finanzamt soviel von uns erhalten soll. Den gesamten Rest gebe ich dir in bar, und du machst damit, was du willst. Klar?«

»Klar«, sagte ich. »Guck dir nur den Zustand unserer Krankenhäuser, Schulen und Straßen an! Kein Mensch weiß, wohin die ganze Entwicklungshilfe, die Kredite, Schenkungen und Steuern verschwinden ...«

»O doch«, widersprach Fred. »Die Sozis heben mal wieder die Gehälter für Richter, Soldaten, Polizisten und Lehrer an und schaffen sich eine gebildete und gutbezahlte Gefolgschaft. Aber lassen wir das ...«

Er wirkte abwesend.

»Verlängere deinen Aufenthalt um ein paar Tage«, riet ich ihm. »Der Selbstmord eines der berüchtigtsten Obeah-Männer des Landes dürfte doch wohl ein herrliches Alibi sein, und diese dralle Judith möchte deinen Kopf nicht auf einem Servierteller sehen, sondern den kleinen serviert bekommen.«

»Alter Kuppler.« Mein Anwalt grinste.

»Ich meine es bloß gut mit dir«, versetzte ich. »Unbarmherzig!«

Er ließ sich zu einem Knuffen auf mein Brustbein verleiten.

Auntie Betty, Mrs. Dexter und Orell verabschiedeten sich.

»Saint Thomas hat mehr zu bieten als Mineralwasser, Obeah und weiße Laken in den Zimmern von Kurhotels«, meinte Auntie Betty fröhlich. »In drei Tagen findet in Whitehall eine Beerdigung statt.«

 »Und?« fragte Fred.

»Kumina!« röhrte Auntie Betty. »So etwas dürft ihr nicht versäumen.«
Wir versprachen ihr zu kommen und ließen es uns in den nächsten Tagen sehr gutgehen.
Beim Blättern in den Zeitungen, zu deren Lektüre es in letzter Zeit nicht gereicht hatte, wurde ich endlich einmal wieder wütend: Vor der National Arena waren mehrere Menschen ernsthaft verletzt worden, als sich etwa zehntausend Wohnungslose um cirka neunhundert schuhkartongroße Häuschen des National Housing Trust in Portmore bewarben. Das Haupttor der Arena wurde aufgebrochen. Es kam zu einer Stampede. Die sich da um die Häuser geschlagen hatten, waren keine Armen – die können sich nicht einmal die kleinste Neubauhütte leisten.
Kurz vor unserer Abfahrt nach Whitehall rief Prento an.
»Ich habe Namen und Adresse des *Dreads* herausgefunden, der im Auftrag von Mrs. Dexter ein Motorrad auslieh«, sagte er ganz aufgeregt. »Er heißt ...«
»Owen Lester McPherson«, unterbrach ich ihn. »Wohnhaft in Danvers Pen, Saint Thomas. Wir haben ihn vorhin laufenlassen.«
»*Bumbo*!« staunte mein Freund.
»Ich erzähl dir alles später einmal. Leb wohl.«
»Ich arbeite«, giftete Prento. »*Du* lebst wohl.«
»Ich tue beides, mein Bester«, belehrte ich ihn. »Nur der Tod kann mich daran hindern.«

Don't worry about a t'ing
Every likkle t'ing gonna be alright.
Bob Marley

26

Die Trommler waren gekommen, und die Sängerinnen und Sänger, die Tänzerinnen waren da, zwei Ziegenböcke waren geschlachtet worden, Rum wurde auf die Trommeln gespritzt, diese wurden daraufhin gestimmt; und Rum wurde auf die Erde geschüttet für die Götter und Göttinnen und Mutter Erde; und ein Kreis war mit Kreide gezogen worden, und die Trommler hatten sich in den Kreis gesetzt, voll des süßen Rums und voll mit Sensimillia, und hatten zu trommeln begonnen, und als der Rhythmus schneller wurde, wußten die Tänzerinnen, daß die guten Geister in den Trommeln angekommen waren. Die große, dumpfe Trommel verkörpert den Mann, die kleineren, heller klingenden Trommeln verkörpern die Frau. Aber allesamt sind sie dem weiblichen Becken nachgestaltet; denn der erste Klang, den du hörst in deinem Leben, noch bevor du geboren bist, ist der Herzschlag deiner Mutter; darum trommelt jede Familie anders, denn jede Mutter hat einen anderen Herzschlag.
Und nur Männer dürfen trommeln!
Und dann stampften sie mit den Füßen, und dann hoben sie einen Fuß nach dem anderen in dem kleinen, unmerklich variiertem Grundschritt, und dann kreisten ihre Becken, und dann klatschten sie in die Hände, und wer ein Tamburin hatte, der rührte es, und wer einen Löffel, eine Gabel, ein Messer in der einen Hand hatte und eine leere Flasche in der anderen, schlug den Gegenrhythmus, und dann bewegten

sich die Tänzerinnen gegen die Uhrzeigerrichtung im Kreis um die Trommler, ernst, gemessen, mit verschlossenen Mienen; und dann wurden ihre Glieder lockerer, kreisten die Becken weicher und weiter, und die Gesichter begannen zu strahlen, und die Münder öffneten sich. Und sie sangen!

Und wir anderen, in einem weiten Kreis um den kleinen Kreis der Tänzerinnen, der einen Kreis zog um den Kreis der Trommler, die um eine geöffnete Rumflasche und eine angezündete Kerze saßen, ob wir nun fasziniert waren – wie ich – oder betont ablehnend – wie Fred – oder begeistert – wie Donna und Judith – oder gleichmütig tuend – wie Cousin Orell –, wir begannen, einer nach dem anderen, eine nach der anderen, zu nicken, einander anzulächeln, probeweise den Fuß zu bewegen, mit dem linken den kleinen Ausfallschritt zu machen, die linke Schulter zu beugen, im Rhythmus der Trommeln laut auszuatmen: »Uff ... hä ... uff ... hä!«

Und viele unter uns begannen, sich zu schämen, daß sie sich ihrer *Roots* geschämt hatten: die hier waren, in dem Trommeln, dem Tanzen, dem Singen, dem Atmen; die uns vorgeführt wurden von den Nachfahren *freier* Schwarzer aus Westafrika, die nach der Sklavenbefreiung 1838 – wie die Inder, Chinesen oder Deutschen – von den Briten als Vertragsarbeiter gekommen waren. Und vielen unter uns fiel auf, daß die Art und Weise, den Herrn zu preisen – in der Baptist Church und der Church of God, in der Pfingstgemeinde und den fundamentalistischen Sekten –, genau hier ihren Ursprung hat und daß unter dem Gospel der gute alte Heide versteckt ist.

Und so tanzten wir und sangen und tranken *Mannish Water* und Rum, schlugen uns den Bauch voll mit Curry Goat und dampfendem weißen Reis; und die Kerze im Kreis der Trommler brannte herunter und wurde ersetzt, und die Flasche im Kreis der Trommler wurde geleert und ersetzt, und diese oder jener geriet in Trance, wobei die Halsschlagader daumendick hervortrat, und diese oder jener *redete in Zungen*, und alle wurden aufgefangen, und keiner war allein.

Ich schwankte aus dem äußeren Kreis der Tänzer und zog Cousin Orell an der Schulter an mich heran, winkte ihm mit dem Kinn, mir zu folgen; wir schnappten uns eine dreiviertelvolle Rumflasche und unsere Gläser und setzten uns auf eines der älteren Gräber im hinteren Teil des Yards.

Ich hatte mit ihm zu reden. Aber wie es ihm deutlich machen?

Am Vorabend, als er die vielen Landtitel und Landvermessungsurkunden aus gutverschnürten Scandalbags zog und mir zeigte, mir die Lage der vielen, von seinem Vater geerbten Äcker im Busch klarmachte, war es mir wie Schuppen von den Augen gefallen: Orell war der Sohn jenes ausgefuchsten alten Halunken namens Williams, mit dem ich als junger Bulle so oft geschäftlich zu tun gehabt hatte!

»Orell«, begann ich und bemühte mich, deutlich zu sprechen, »Orell, hast du dich einmal gefragt, wieso dein Alter dir zweiundsiebzig Acres, über die du Titel hast, und noch etwa halb soviel nach dem Gewohnheitsrecht vermachen konnte?«

Mein Vetter starrte mich aus glasigen Augen an. Er nahm einen Schluck aus der Flasche und hustete.

»Wasser!« krächzte er.

Ich stand auf, lief zu dem Tisch hinter der Küche und holte uns einen Keramikkrug mit Jelly-Water.

»Bist du wahnsinnig geworden, den Rum unverdünnt zu trinken?« fragte ich ihn.

Er setzte den Krug an und trank das köstliche Kokosnußwasser.

»Mein alter Herr hat mal gesagt, wir hätten zwei verschiedene Röhren im Schlund: eine für den Rum, eine für den Chaser. Deshalb solle man das eine vor dem anderen trinken und den Rum nicht verdün-

nen.« Orell war völlig ernst. Er blickte mich beschwörend an. »Denn wenn du deinen Rum mit dem Chaser verdünnst, weiß die Flüssigkeit nicht, durch welche Röhre im Schlund sie passieren soll, und man verschluckt sich!«
Er nickte bedeutsam.
»Orell«, nahm ich den Faden wieder auf, »erinnerst du dich an meine Frage von vorhin?«
»Klar«, sagte mein Cousin.
»Und?«
»Ich hab keine Ahnung, wie der an soviel Land gekommen ist«, sagte Orell und rülpste.
»Aber ich«, versetzte ich.
Dann sagten wir für eine Weile nichts, blickten zum Firmament hoch und bewegten die Füße zum Takt der Trommeln.
»Du?« fragte Orell dann, wandte mir das Gesicht zu und bot mir eine Zigarette an. »Du kanntest ihn doch gar nicht.«
»Doch, ich kannte ihn.«
»Quatschkopf!« sagte Orell nach einer Weile Nachdenkens, fest und bestimmt.
»Erinnerst du dich daran, daß ich dir erzählt habe, vor x-Jahren in Bath als Polizist gearbeitet zu haben?« begann ich vorsichtig.
»Hm.«
»Erinnerst du dich daran, wie ich mein Motorrad finanziert habe?«
»Und ob!« versetzte Orell abschätzig.
»Und wie?«
»Na, durch deine ... korrupte Ader.«
»Meine was?«
»Die Bauern hast du erpreßt. Hast du doch, nicht? Wenn sie Ganja angebaut haben.«
»Erpreßt ... erpreßt! Das klingt ein bißchen hart«, protestierte ich. »Ich hab nur meinen kleinen Teil an den Exporterlösen eingefordert, und das war alles.«

»Deinen kleinen Teil«, wiederholte Orell ironisch.
»Ja.«
Ich füllte unsere Gläser mit Rum auf und verdünnte meinen mit Jelly-Water.
»Und was hat das mit meinem Vater zu tun?« lallte Orell nach einer Weile.
»Ah«, machte ich, süffelte an meinem Glas und versuchte, ihm bedeutsam in die Augen zu blicken. »Wir kommen langsam zum Punkt.«
»Was für'n Punkt?« fragte Orell, leerte blitzschnell sein Glas und spülte mit Kokosnußwasser nach.
»Ganz einfach«, sagte ich betont und langsam, daß es jeder Idiot kapieren konnte, »dein Vater hat etwa fünfzig Prozent des Motorrades finanziert.«
Die Erde drehte sich. Sterne funkelten. Die Luft vibrierte. In uns Rum und Sensimillia, um uns Musik. Es war eine Lust zu leben. Es war ein schönes Begräbnis, ein schönes *Set-up*. Hier machte es sogar Spaß, verbuddelt zu werden.
»Willst du damit sagen, daß mein alter Herr ...?«
»Ich *will* nicht, ich *habe* es gesagt.«
»Der?«
»Genau der.«
»Mit null angefangen, von seinem Vater, meinem Großvater, nichts auf den Lebensweg mitbekommen und dann ...?«
»Genau«, sagte ich. »Er war ein fleißiger Farmer.«
»Ganja!« sagte Cousin Orell gedankenvoll und mit weitoffenen Augen. »Ganja!«
»Und da wär ich bei deinem ... Tomatenprojekt«, kam ich wieder zur Sache. »Silvia wird es dir finanzieren. Bestimmt. Ihr werdet euren Kindern ein Vermögen hinterlassen. Zum Teil durch Tomaten ermöglicht ...«
Ich ließ den Satz unbeendet. Orell, so betrunken er auch war, schien zu begreifen. Seine Schultern wurden steif.
 »Zum Teil?« fragte er unbetont.

»Zum Teil«, bestätigte ich. Ich rückte näher zu ihm und schaute mich sichernd um. »Sieh mal«, sagte ich, »die Felder in der Nähe der Straßen und die, über die du Titel besitzt, bepflanzt ihr mit Tomaten, Callaloo, Yams, Bananen oder was auch immer ...«
»Ja?« sagte Cousin Orell. Er war ganz Ohr.
»Und die, die weit hinten im Busch liegen, in die Berge rein, dort, wo kein Polizeijeep sich verirren kann, die bepflanzt du mit Indica und Sensimillia!«
Die Erde drehte sich. Sterne funkelten. Die Luft vibrierte.
»Wie Vater«, sagte Orell leise, wie zu sich selbst.
»Wie dein Vater«, bestätigte ich.
»Und an wen verkauf ich das Zeug?«
Da, ich hatte ihn!
»An mich«, erwiderte ich.
»An dich?« Orells Augen wurden weit und rund wie sein Mund.
»An mich«, wiederholte ich. Und dann fing ich an: »Hör mal gut zu ...«

GLOSSAR

Acre — Flächenmaß, 1 Acre entspricht 4047 qm (etwa 1 Morgen)

Appleton — roter (brauner) Rum, nach dem Landgut im Westen Jamaikas, auf dem Zuckerrohr angebaut und zu Rum destilliert wird

Baldhead — Mann mit Kurzhaarfrisur

Balm-Yard — Orte, an denen der Balm-Man oder »Schäfer« afro-amaikanischer Kulte mit Kräutern, Ölen, Tanz und Gesang Menschen von Krankheiten aller Art heilen; durch die (oberflächliche) Christianisierung nach dem Revival in den 60er Jahren des vorigen Jahrhunderts gingen diese Funktionen auf Frauen, die Mothers, über, so daß, typischerweise, die »Schwarze Magie« von Männern (Obeah), die »weiße Magie« von Frauen betrieben wird

Battyrider — im Schritt und auf dem Hintern äußerst knapp- und enggeschnittene Shorts

Bedhopper — Casanova, Weiberheld

Blue Seam-Boy — Angehörige der Special Constabulary Force, die im Gegensatz zu den roten der normalen Polizisten, blaue Streifen an der Hosennaht haben

Boops — in den USA »sugardaddies« – ältere Herren, die Teenager aushalten

Brinks — dieselben, die aber, entsprechend der Abwertung des Jamaika-Dollars, noch mehr Scheine zum selben Zweck ausgeben; nach der Firma benannt, die Geldtransporte in gepanzerten Spezialautos durchführen

Browning — (hell-)braune Frau

Bully-Boar — ein Bully-Boy ist jemand, der mit seinen größeren Körperkräften andere zwingt, Dinge zu tun, die sie nicht tun wollen; der Bully-Boar (Wildeber) ist noch übler

Bumbo! — große Muschi; als Ausruf etwa: Möse noch mal!

Bumpkin — Landpomeranze

Callaloo — spinatähnliches Blattgemüse

Cerasee — Kletterpflanze, aus deren Blättern ein äußerst bitter schmeckender Gesundheitstee zubereitet wird.

Chaser — Flüssigkeit, mit der Schnaps zur Trinkstärke heruntergesetzt wird (Jamaikarum hat dreiundsechzig Prozent Alkohol)

Claat — Monatsbinde; Flüche und Schimpfwörter – haben zumeist mit der Furcht jamaikanischer Männer vor der Menstruation zu tun; Pussy-Claat: Muschibinde; Bumbo-Claat: Binde für eine große Muschi; tarra-tarra-Claat: Dingsbumsbinde (das »Unaussprechliche« wird nicht ausgesprochen)

Common Law Wife — Lebensgefährtin

Concorde — Banknote im Wert von 100 Jamaika-Dollar; nach dem schnellsten Zivilflugzeug benannt – denn kaum ist die Banknote in der Hand gelandet, ist sie auch schon wieder fort ...

Dibby-dibby — klein, poplig, nichts taugend

D.J. — Mann oder Frau, der/die im Sprechgesang »auf dem Rhythmus« einer Melodie oder Baßlinie »reitet«, in den USA (die es Jamaika nachgemacht haben) ein Rapper

Don — echter oder vermeintlicher Leiter in der Hierarchie im Slum (Ghetto); übertragen: einer, der auf sich hält

Dread — ursprünglich: furchtbar, schrecklich; wie so oft in der afro-amerikanischen oder -karibischen Kultur zu etwas Positivem umgewertet; der Rasta, der – auf Grund alttestamentarischer Vorschriften – sein Haupthaar lang wachsen läßt, es nur wäscht, aber nicht kämmt oder schneidet, bezeichnet dann diese Löwenmähne als »Dread-Locks«; dies wurde, als bloße Modeerscheinung, von anderen, die mitnichten Rastamänner sind, nachgeahmt, s. Rent-a-Dread

Felsen — Jamaika

Ganja — (ind.) Bezeichnung für Marihuana, Gras, Weed

Ghetto-Blaster riesiges, tragbares Rundfunkgerät mit Kassettenspieler(n)

Ginnal verballhornt für »General«: Betrüger, Trickser

Green Card Arbeitsgenehmigung für Ausländer in den USA

Gun Court Sondergerichtshof für Delikte mit Schußwaffen und dazugehöriger Spezialknast

Hammond, Beres Reggae-Sänger, der seit 1992 ein riesiges Comeback erlebt

Jelly-Water Wasser der unreifen Kokosnuß, deren Wände noch nicht fest, sondern gallert (jelly)-artig sind

Jerk Pork über Pimentzweigen geröstetes, scharf mariniertes Schweinefleisch

JLP Jamaica Labour Party; 1943 vom ehemaligen Geldverleiher und späterem Gewerkschaftsführer Alexander Bustamante (der »Adenauer Jamaikas«) gegründete konservative Partei

Lafargue, Paul 1842 – 1911, gründete mit J. Guesde die französische Arbeiter partei, heiratete Karl Marx' Lieblings tochter Laura; in der Karibik geboren, schrieb »Das Recht auf Faulheit«

Mother s. Balm-Yard

 Myal-Man s. Balm-Yard

National Heroes' Day Nationalfeiertag im Oktober, der Helden der Nation zu gedenken, die zu Kolonialzeiten als Rebellen und Terroristen galten

NHT National Housing Trust, staatlich geführte Siedlungsgesellschaft; jeder, der fest angestellt ist, führt wie die Firma vom Lohn oder Gehalt einen bestimmten Betrag ab und hat nach einiger Zeit Anrecht auf günstige Hypothekenfinanzierung

Obeah s. Balm-Yard

Pantomime jamaikanisches Revue-Theater im Musical-Stil; Premiere jeweils am 26. Dezember, läuft en suite bis Mai

PNP People's National Party; 1938 von Norman Manley gegründete sozialdemokratische Partei

Prento apprentice, Lehrling

Pum-Pum Muschi (auch Punany, Punasch, Nasch etc.)

Rent-a-Dread Prostituierter mit »Dread-Locks«

Rentar Leihwagen, Leihmotorrad

Ring Games Spiele und Lieder, die von einem Kreis von Spielern und Sängern anläß lich von Totenwachen gespielt und ge sungen werden

Scandal-bag Plastiktüte (die war ursprünglich

	durchsichtig, so daß, wenn etwa eine Frau Nachthemd und Zahnbürste in ihre Tüte steckte, der Zweck ihrer Abwesenheit sichtbar wurde)
Science	anderer Begriff für – Obeah, Schwarze Magie
Sensimillia	die Blattspitzen der weiblichen, geschlechtsreifen Hanfpflanze (Ganja), die weitab von männlichen aufgezogen wird; Spitzenqualität von Marihuana
Ska	jam. Musikrichtung, in der erstmals die legendäre Verschiebung von 1. und 3. auf den 2. und 4. Takt erfolgte, recht schnell, komplizierte Tanzschritte; Vorgänger von Rock Steady und Reggae
Spliff	Joint, große Marihuana-(Ganja-)Zigarette
Square	etwa 400 qm; zehn Squares bilden einen – Acre
Tam	große Strickmütze, unter der die »Dread-Locks getragen werden«
Ting	Erfrischungsgetränk mit Grapefruitgeschmack
WASP	weiß-angelsächsisch-protestantisch; Angehöriger der klassischen herrschenden Klasse in den USA
Weirdo	seltsamer, unheimlicher Mensch, auch Krüppel oder Freak

Wicked	eigentlich »moralisch böse, schlimm, gottlos, sünd-, lasterhaft« (Langenscheidts Wörterbuch); wie so oft in der afro-amerikanischen oder -karibischen Kultur zu etwas Positivem umgewertet; als Aufruf also etwa »Klasse!«, „toll" etc., aber: wicked dem – Polizei
Yard	Haus, Hof, Heim

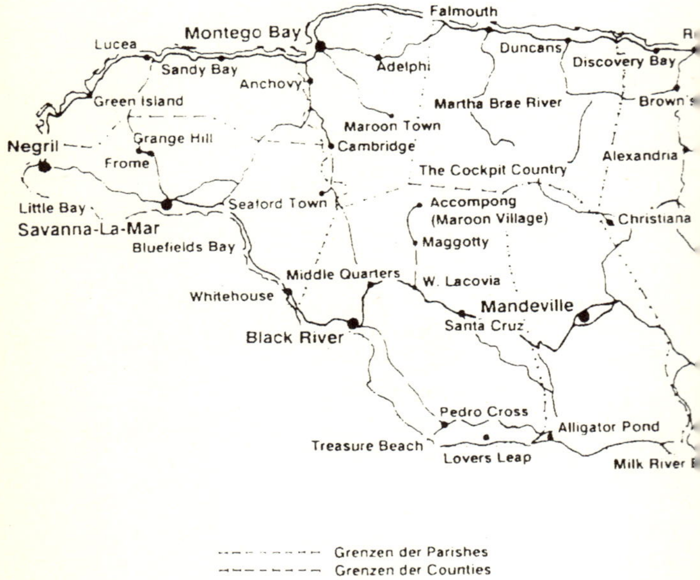
Falmouth
Montego Bay
Lucea
Duncans
Sandy Bay
Adelphi
Discovery Bay
Anchovy
Green Island
Martha Brae River
Maroon Town
Negril
Grange Hill
Cambridge
Frome
Alexandria
The Cockpit Country
Little Bay
Seaford Town
Accompong
(Maroon Village)
Savanna-La-Mar
Christiana
Bluefields Bay
Maggotty
Middle Quarters
W. Lacovia
Whitehouse
Mandeville
Santa Cruz
Black River
Pedro Cross
Alligator Pond
Treasure Beach
Lovers Leap
Grenzen der Parishes
Grenzen der Counties

N
Ocho Rios
Oracabessa
Port Maria
Rio Nuevo
Annotto Bay
Buff Bay
Port Antonio
Ewarton
Castleton
Hope Bay
Boston Bay
Linstead
Rio Grande
Long Bay
Mavis Bank
Moore Town
Halfway Tree
Blue Mtn. Peak
Kingston
Manchioneal
Spanish Town
Hectors River
Bath
Old Harbour
Morant Point
Morant Bay
Lighthouse
Yallahs

Jamaika

Peter-Paul Zahl, 1944 in Freiburg/Breisgau geboren, verbrachte neun Jahre in der DDR, elf Jahre in der BRD, elf in Westberlin und zehn im Knast.
Zwei Jahre lang arbeitete er als Assistent von Peter Stein an der Berliner Schaubühne. Seit 1985 lebt er überwiegend auf Jamaika.

Bücher von Peter-Paul Zahl:

Der schöne Mann
Kriminalroman
Verlag Das Neue Berlin 1994

Der Staat ist eine mündelsichere Kapitalanlage
Hetze und Aufsätze
Karin Kramer Verlag 1989

Die Erpresser
Eine böse Komödie
Karin Kramer Verlag 1990

Die Glücklichen
Schelmenroman
Rotbuch Verlag/eva 1994

Fritz. A German Hero
Theaterstück über Friedrich Schiller
Trotzdem Verlag 1994

In Vorbereitung:

Das Ende Deutschlands
Roman
Karin Kramer Verlag, erscheint 1995

Die Teufelsdroge Cannabis
Kriminalroman
Verlag Das Neue Berlin, erscheint 1995

Der Verein „Jamaican Respect In Europe – IRIE e. V." will mit sozialen Projekten die Zusammenarbeit zwischen Deutschland und den (europäisch geprägten) Karibik-Staaten verbessern.
Wir streben für die Region Long Bay, Portland, Jamaica, ein Pilotprojekt mit zwei Aufgaben an:

– Vermittlung von Ausbildungsstipendien an Schulabgänger aus Long Bay, die ohne diese Hilfe keine qualifizierte Ausbildung erlangen können. Ausbildungsziele können pädagogische, technische oder agrarwissenschaftliche Berufe sein. Die Stipendien sind auf 2 Jahre begrenzt.
Die Auswahl der Stipendiaten erfolgt vor Ort in Zusammenarbeit mit den kommunalen Gremien.

– Sachspenden für ein Alten-Pflegeheim in Port Antonio, in dem alte, pflegebedürftige Menschen unter sehr schlechten materiellen Verhältnissen gepflegt werden.

Der Verein bittet um Unterstützung und insbesondere um Spenden:
Bank für Sozialwirtschaft
Kontonr. 33133
BLZ 100 205 00

IRIE e. V.
c/o Purmann
Leibnizstr. 62
10629 Berlin

Impressum

ISBN 3-359-00746-8
1. Auflage

Postfach 106, 10103 Berlin

Gestaltung: P. Fischer Sternaux
Printed in Germany